Stephanie Werner
Nacht über Veendorf

Stephanie Werner

Jahrgang 1973, Bilanzbuchhalterin. Schreibt Kurzkrimis, Reiseberichte, heitere Kurzgeschichten.

Bücher:

„Zerbrochenes Eis", „Eiskalte Seele", „Boot 4" und „Tod im Hexenweiher" (Kriminalromane)

„Gletscher, Eis und wilde Tiere" (Reiseerzählungen)

„Frohe Weihnachten" und „Frohe Weihnachten 2" (Weihnachtsgeschichten)

Beiträge in Anthologien

Stephanie Werner

Nacht über Veendorf

Kriminalroman

Bibliografische Information der Deutschen Bibliothek

Die Deutsche Bibliothek verzeichnet diese Publikation in der Deutschen Nationalbibliografie; detaillierte bibliografische Daten sind im Internet über http://dnb.ddb.de abrufbar.

Titelfoto: Stephanie Werner
Gesamtgestaltung, Layout: !zeichen.seTzung -
                                    Uta Lösken, Reichshof
                                    Stephanie Werner, Wiehl
Herstellung und Verlag: BoD – Books on Demand,
                                    Norderstedt

ISBN 9-783756-888603

Kapitel 1

Bereits in dem Moment, als die Männer das Restaurant betraten, spürte Malin, dass irgendetwas nicht stimmte. Die beiden, schätzungsweise Mitte fünfzig, trugen Jeans und Lederjacken, ihre Körper waren durchtrainiert. Sie blieben im Eingangsbereich stehen, ihre Blicke glitten langsam durch den mit alten Fischernetzen, Steuerrädern und Galionsfiguren dekorierten Raum.

Wie immer in den Sommerferien war das „White Arctic" bis auf den letzten Platz besetzt. Zahlreiche Gäste ohne Reservierung hatten die Servicekräfte schon abgewiesen. Doch diese Männer suchten keinen freien Tisch, ihr Interesse galt etwas anderem. Da war sich die Privatermittlerin sicher, denn mit ihren zwanzig Jahren Berufserfahrung besaß sie ein Gespür für solche Auftritte. Deshalb ließ sie die beiden nicht aus den Augen.

„Mensch Malin, hörst du mir überhaupt zu?" Adrian, der rechts neben ihr saß, stieß ihr den Ellenbogen in die Seite.

„Ähm …, tut mir leid … Ich war gerade abgelenkt", stammelte diese. „Was hast du gesagt?"

„Ich habe dich gefragt, ob du noch was trinken möchtest."

„Nein danke, ich setze mal eine Runde aus", entgegnete sie, ohne den Blick von den Fremden abzuwenden.

Diese gingen langsam von Tisch zu Tisch und betrachteten eingehend sämtliche Gäste. Einige registrierten die beiden nicht, andere schauten ihnen stirnrunzelnd hinterher.

Eine junge Kellnerin mit langem, blondem Zopf, der hin und her tanzte, wenn sie sich bewegte, eilte auf die Männer zu und sprach sie an. Malin hörte nicht, was sie sagte, denn der Lärmpegel in dem rustikalen Raum war enorm. Der Kleinere entgegnete etwas, woraufhin sie sich zurückzog. In diesem Augenblick schaute der Größere zu dem Tisch, wo die Privatermittlerin mit ihren Schulfreunden saß, und sah ihr direkt in die Augen. Sekundenlang. Dann stieß er seinen Begleiter an, zeigte auf ein Stück Papier in seiner Hand und deutete mit dem Kopf zu ihr herüber. Der andere nickte und beide kamen auf sie zu.

Malins Körper verkrampfte sich, ihre Handflächen schwitzten. Kurz darauf blieben die Fremden vor ihrem Tisch stehen. Der Kleinere griff in die Innentasche seiner Jacke und holte einen Ausweis hervor.

„Kriminaloberkommissar Thilo Wendt. Das ist mein Kollege Helge Arndt. Sind Sie Malin Larssen?"

Sie schaute irritiert von einem zum anderen. „Ja, die bin ich. Warum wollen Sie das wissen?"

„Hey Malin, hast du eine Bank überfallen? Oder was wollen die von dir?", scherzte Adrian, der mittlerweile angetrunkene Spaßvogel der Runde.

„Sei still", zischte diese.

„Wir möchten Sie bitten, uns in die Rechtsmedizin zu begleiten."

Von einer Sekunde auf die andere verstummten die Gespräche der Schulfreunde. Alle starrten Malin mit großen Augen an.

„Heute Nachmittag wurde zwischen Düsterstedt und Veendorf von einem Spaziergänger eine weibliche Leiche gefunden", fuhr Thilo Wendt fort. „Wir wissen nicht, wer die Frau ist. Sie trug keine Papiere bei sich. Wir hoffen, dass Sie uns weiterhelfen können."

Malin spürte einen dumpfen Schmerz in der Brust, so, als lastete ein tonnenschwerer Stein auf ihr. Die Kriminalbeamten schienen einen Anhaltspunkt dafür zu haben, dass sie die Tote kennen könnte. Das verursachte ihr Magenschmerzen. Vermuteten die Beamten, dass es jemand aus ihrem Freundeskreis oder ihrer Familie war?

„Wie kommen Sie darauf, dass ich Ihnen helfen kann?", fragte sie mit belegter Stimme und sah Thilo Wendt an.

„Das erklären wir Ihnen unterwegs."

„Also gut." Malin schlüpfte in ihre Sommerjacke und verabschiedete sich von den Freunden, die mit betroffenen Mienen zurückblieben. Bevor sie gemeinsam mit den Kommissaren das Restaurant verließ, gab sie der Kellnerin dreißig Euro. Gegessen hatten sie vor einer Stunde, somit hatte sie wenigstens etwas im Magen, wenn sie gleich eine Tote identifizieren sollte.

„Verraten Sie mir jetzt endlich, wie Sie auf mich gekommen sind?"

„Die Frau wurde mit schweren Kopfverletzungen abseits des Küstenwegs von Düsterstedt nach Veendorf gefunden. Sie ist schätzungsweise Anfang bis Mitte vierzig. Wir gehen davon aus, dass sie beim Spazieren gehen gestürzt und mit dem Kopf auf einen Stein gefallen ist. Sie war vermutlich sofort tot. Wie gesagt, sie trug keine Papiere bei sich, nur einen Zettel mit Ihrem Namen und Ihrer Handynummer", erklärte Thilo Wendt.

„Wann hat man sie gefunden?"

„Der Spaziergänger hat die Leiche heute am späten Vormittag

entdeckt, als er mit seinem Hund unterwegs war. Der Todeszeitpunkt liegt zwischen neun und elf gestern Abend."

Malin atmete auf. „Dann ist es niemand aus meiner Familie. Meine Schwester Frida hat heute im Laufe des Tages mehrere Nachrichten in die Familien-WhatsApp-Gruppe geschrieben. Auch die Frauen aus dem engsten Freundeskreis kann ich ausschließen. Bis auf Anja und Karin sind alle beim Treffen im Restaurant und die beiden haben erst am Nachmittag kurzfristig abgesagt."

„Okay. Vielleicht kennen Sie die Tote aus der Schulzeit oder vom Sport."

„Wie Sie wahrscheinlich wissen, bin ich Privatermittlerin. Jeder kann sich meine Nummer aus dem Internet raussuchen."

„Das ist klar. Aber wir müssen jedem Hinweis nachgehen." Den Rest der Fahrt schwiegen sie. Malin legte keinen Wert auf eine Unterhaltung, die Beamten ebenfalls nicht. Stattdessen schaute sie aus dem Fenster. Sie sah Paare Hand in Hand in der Abendsonne am Meer spazieren. Eltern kehrten von einem Urlaubstag am Strand nach Hause zurück, zogen ihre Kinder im Bollerwagen sitzend umgeben von Schwimmtieren, Strandmatten, Schaufeln und Förmchen hinterher. Sie seufzte. Von dieser Sorglosigkeit war sie meilenweit entfernt.

In der Rechtsmedizin erwartete sie Dr. Gert Jensen. Er begrüßte sie mit einem knappen „Tach" und führte sie direkt in den Raum, in dem sich die Leiche befand. Dieser sah genauso aus, wie Malin ihn sich vorgestellt hatte: grau gekachelter Boden, weiß gefliese Wände, Stahltische, Metallregale. Auf einem der Tische lagen Scheren, Zangen und andere Geräte. Den Geruch konnte sie nicht beschreiben. Er war beißend, raubte ihr die Luft. Kurz gesagt: Es roch nach Tod.

Unter einem grünen Tuch auf dem Untersuchungstisch zeichneten sich die Konturen eines menschlichen Körpers ab. Die Tote war klein und zierlich. Malin lief ein eiskalter Schauer über den Rücken. Sie steckte ihre Hände in die Jackentaschen, als würde sie auf diese Art Halt finden. Sekundenlang schloss sie die Augen, sammelte sich und nickte anschließend Kommissar Wendt zu. Dieser gab Gert Jensen ein Zeichen, der daraufhin das Tuch anhob. Malin betrachtete das Gesicht und den Oberkörper der Leiche. Sie starrte auf die Tote, sah sich Gesichtszüge, die kurzen schwarzen Haare, Mund und Ohren an. Dann riss sie die Augen weit auf, trat einen Schritt zurück und wandte sich ab.

Kapitel 2

Einige Jahre zuvor

Henrik Larssens Brustkorb zog sich zusammen. Das Blut pochte in seinen Ohren, das Gesicht lief knallrot an. Was sein langjähriger Freund von ihm verlangte war nicht nur in höchstem Maße unmoralisch, es war kriminell.

„Bist du wahnsinnig?", zischte er aufgebracht, fuhr sich mit den Händen durch die Haare und schüttelte den Kopf. „Du bist verrückt! Du bist total irre!"

„Leise! Verdammt nochmal! Willst du, dass uns jemand hört?" Auf der Stirn seines Gegenübers bildete sich eine steile Zornesfalte.

„Ich versteh dich nicht!"

„Ach. Du bist ein elender Waschlappen. Hast keine Eier in der Hose. Was findet Hannah bloß an dir?"

Henrik packte ihn am Kragen. „Lass meine Frau aus dem Spiel. Kapiert?"

„Hoho, jetzt hab ich aber Angst. Schlag doch zu! Das wird bestimmt Tagesgespräch im Dorf. Dann ist endlich mal was los in dem Kaff hier."

Er ließ seinen Kumpel los. Dieser taumelte nach hinten. „An dir mach ich mir doch nicht die Hände schmutzig. Du Schwein."

„Du hast die Wahl. Du bist dabei oder unsere Freundschaft ist Geschichte."

„Vergiss es. Auf so eine Freundschaft kann ich verzichten."

Sein Gegenüber trat einen Schritt auf ihn zu, ihre Gesichter waren nur noch Zentimeter voneinander entfernt. Henrik spürte den Atem seines Gegenübers auf der Haut. Dieser hatte eine Fahne, roch nach Bier und Schnaps.

„Ich sage dir das jetzt nur ein Mal: Wenn du ein Wort über die Sache verlierst, bist du tot. Und nicht nur du. Denk an deine Familie. Hast du das kapiert?" Die Augen des Freundes funkelten wie die eines Löwen vor dem Angriff.

Henrik schwieg.

„Hast du mich verstanden? Oder muss ich dir eine Kostprobe geben, damit du mir glaubst? Wie wär es, wenn deine Ernte plötzlich über Nacht zerstört wär?"

„Das wagst du nicht, du Mistkerl."

„Und ob ich das wag. Ich kann aber auch anders. Es wär doch jammerschade, wenn eines deiner Gebäude aus unerklärlichen Gründen in Flammen aufgehen würde. Ach, es gibt so viele Möglichkeiten. Ist das jetzt in deinen Schädel reingegangen?"

Henrik erkannte, dass der Idiot ernst machen und er den Kürzeren ziehen würde. „Ja, du Arschloch. Aber ich hoffe inständig, dass du von anderer Seite deine gerechte Strafe bekommst, wenn du dein Vorhaben durchziehst."

„Dann haben wir uns ja verstanden", grinste der Freund und fügte hinzu: „Aber du wirst es eines Tages bereuen, nicht mitgemacht zu haben."

„Das glaub ich nicht. Vor allem will ich mich noch mit gutem Gewissen im Spiegel ansehen können. Das wirst du irgendwann nicht mehr. Auch wenn du es dir jetzt nicht vorstellen kannst."

11

„Ich kann mich im Spiegel ansehen, weil ich im Gegensatz zu dir ein echter Kerl bin!"

„Du bist ein Schwachkopf. Nichts weiter. Wir sind fertig miteinander", sagte Henrik, trat an den Tresen und legte zehn Euro auf die Theke. „Stimmt so", rief er der Wirtin zu und verließ die Kneipe.

„Verdammter Mist! So eine verdammte Scheiße", fluchte er auf dem Weg nach Hause.

Würde er jemals wieder ruhig schlafen können?

Kapitel 3

„Sie kennen die Frau?", fragte Kommissar Arndt.

Malin nickte und kämpfte mit den Tränen. „Es ist Berit Jacobsen, eine gute Freundin."

Er runzelte die Stirn. „Die Berit Jacobsen, die vor drei Jahren mit ihrem Bruder spurlos verschwunden ist?"

„Ja. Sie hatte damals lange blonde Haare. Aber das ist sie, definitiv. Der kleine Leberfleck über der linken Augenbraue, die Form ihres Mundes. Da gibt es keine Zweifel. Sie gehörte zu meinem engsten Freundeskreis und wir haben am Abend ihres Verschwindens noch zusammen gefeiert", erklärte Malin den Kommissaren, denn sie kannte die beiden nicht von den damaligen Ermittlungen. „Und es war tatsächlich ein Unfall?"

„Es deutet nichts auf Fremdverschulden hin", schaltete sich der Rechtsmediziner ein. „Keine Kampfspuren, keine Hautfetzen unter den Fingernägeln."

„Außer meiner Telefonnummer hatte sie nichts bei sich? Kein Handy oder einen Schlüssel?"

„Nur einen 500-Euro-Schein."

„Warum hatte sie so viel Geld bei sich?"

„Das wissen wir nicht. Vielen Dank, Frau Larssen. Sie haben uns sehr geholfen. Wir bringen Sie jetzt nach Hause oder, wenn Sie möchten, zurück ins Restaurant." Kommissar Wendt gab damit das Zeichen, dass der Termin beendet war.

„Nach Hause bitte. Ich war sowieso ohne Auto da."

„Könnt ihr euch bitte noch etwas ansehen, bevor ihr fahrt?"

Der Rechtsmediziner deutete auf einen Tisch mit Unterlagen an der Wand.

Die Kommissare folgten ihm und während er den beiden einen Bericht zeigte, standen sie mit dem Rücken zu ihr. Diesen Moment nutzte Malin, zog ihr Smartphone aus der Hosentasche und machte ein Foto ihrer Freundin, des 500-Euro-Scheins und des Tattoos auf ihrem rechten Oberarm. Es war neu und bestand aus einer Zahlenfolge, mit der sie nichts anfangen konnte. Vielleicht würde sie es später schaffen, den Code zu entschlüsseln.

Als sich die Männer wieder zu ihr umdrehten, hatte sie das Handy bereits weggesteckt.

Gegen 20.30 Uhr setzten die Kommissare die Privatermittlerin vor ihrem Haus ab. Nach der Gewissheit, dass ihre beste Freundin Berit tot war, stand Malin nicht der Sinn danach, zu den Schulfreunden ins „White Arctic" zurückzukehren. Sie hatte eine Nachricht in die WhatsApp-Gruppe geschrieben, die Freunde über den Tod der ehemaligen Schulkameradin informiert und das Handy ausgeschaltet. Sie wollte an diesem Abend keine Antwortnachrichten oder Nachfragen diesbezüglich mehr lesen.

Malin ging auf das weiße, Reet gedeckte Haus mit den grünen Fensterrahmen und der grün-weißen Haustür zu. Es lag am Ortsrand von Veendorf, umgeben von schief gewachsenen Bäumen und Pferdewiesen mit Blick auf die Nordsee. Es roch nach frisch gemähtem Gras. Die Geranien in den Blumenkästen vor den Fenstern blühten in kräftigem Rot, der Vorgarten strahlte in unterschiedlichen Farben: Gelbe Ringelblumen standen in deutlichem Kontrast zu lilafarbenen Dahlien und blauen Sommerastern, weiße Margeriten, orangefarbene Rosen und rosa Begonien ergänzten die Farbpalette. Dieser Ort war ihr Zufluchtsort, wo sie Ruhe fand und von der Arbeit abschaltete.

Als Malin das Haus betrat, stellte sie ihre Handtasche an der Garderobe ab und ging vom Flur in die geräumige Küche. Küchenschränke, Eckbank und Tisch aus weißem Holz sowie das helle Laminat und die orangefarbenen Vorhänge vor den bodentiefen Fenstern erinnerten an die Einrichtung eines schwedischen Holzhauses. Ein Stil, den sie liebte, und ein Ort, an dem sie manches ernste Gespräch mit Daniel geführt hatte.

Sie ging zum Kühlschrank, um sich ein Bier zu holen. Das würde sie auf der Terrasse hinter dem Haus trinken und sich in einen Sessel der Loungemöbel setzen, die sie im vergangenen Jahr zusammen mit ihm gekauft hatte. Es war noch warm und sie brauchte frische Luft und den Blick in die Natur, um das Geschehene sacken zu lassen.

Nachdem sie die Kühlschranktür geöffnet hatte, bildete sich eine steile Zornesfalte auf ihrer Stirn: In ihrem Fach lag keine Flasche mehr. Als sie am frühen Abend das Haus verlassen hatte, befanden sich noch zwei darin. Das am Morgen beim Metzger gekaufte Rumpsteak war ebenfalls verschwunden.

„Daniel!? Kannst du mir das erklären?", rief sie.

Keine Antwort.

Malin schlug die Tür zu und trat gegen den Mülleimer. Dieser kippte um und der Inhalt verteilte sich auf dem Fußboden. Fluchend stellte sie den Eimer auf und sammelte zusammengeknüllte Papiertüten, leere Küchenrollen und Einkaufsquittungen auf.

„Daniel!!!", rief sie erneut. Laut und mit drohendem Unterton. Wieder keine Reaktion. Sie schüttelte den Kopf. Warum hatte sie sich darauf eingelassen, mit ihrem Ex-Freund weiterhin unter einem Dach zu wohnen?

Malin ging durchs Wohnzimmer hinaus auf die Terrasse. Dort saß Daniel mit Kopfhörern vor seinem Laptop am Gartentisch. Dieser Nerd! Neben ihm ein benutzter Teller und zwei Bierflaschen: die eine leer, die andere halb voll. Sie atmete tief durch. Dann baute sie sich direkt vor ihm auf und stemmte die Hände in die Seiten.

Er hob den Kopf und nahm das Headset ab. „Da bist du ja schon. Du siehst blass aus. Ist etwas passiert?"

„Warum trinkst du mein Bier und isst mein Rumpsteak? Kannst du nicht selber einkaufen? Wenn mein Teil des Kühlschranks gefüllt ist, ist das keine Einladung für dich", polterte Malin los.

„Tut mir leid. Keine Zeit. Ich musste noch einen Test abschließen. Morgen früh fahre ich zum Supermarkt und besorge neues Bier."

„Das nützt mir aber jetzt nichts", knurrte Malin, warf ihm einen bösen Blick zu und ließ sich ihm gegenüber auf einen Stuhl fallen. Er würde sich nie ändern. „Es war eine Schnapsidee von dir, nach unserer Trennung erstmal wie Freunde in einer Wohngemeinschaft zu leben."

„Du hattest auch keine Lösung. Außerdem, es funktioniert doch ganz gut."

„Aus deiner Sicht vielleicht. Aber wenn die Hausarbeit trotz Putzplan meist an mir hängen bleibt, dann kann ich nicht sagen, dass unser Zusammenleben gut funktioniert. Jetzt zu meinem Treffen: Das Essen war gut, die Stimmung auch, jedenfalls so lange, bis ich von zwei Kriminalbeamten abgeholt worden bin."

„Wieso haben die dich mitgenommen? Die waren hier und haben gesagt, sie hätten ein paar Fragen an dich."

„Ich sollte in der Rechtsmedizin eine Unbekannte identifizieren, die meine Telefonnummer bei sich trug, als sie zwischen Veendorf und Düsterstedt verunglückt ist."

„Und? Kanntest du sie?"

„Ja. Es war Berit Jacobsen, meine vor drei Jahren verschwundene beste Freundin."

„Oha. Was ist damals passiert? Wir waren zu dem Zeitpunkt ja noch nicht zusammen und du hast mir nie davon erzählt. Du hast nur mal erwähnt, dass Berit und ihr Bruder verschwunden sind."

Malin nahm sich die angefangene Flasche Bier, trank einen Schluck und starrte auf das Etikett. „Wir hatten ein Klassentreffen von unserer Grundschulklasse. Die Party stieg am Strand bei Düsterstedt, ungefähr drei Kilometer von Veendorf entfernt. Wir haben ein Barbeque gemacht, Cocktails getrunken und Musik gehört. Die Stimmung war super. Wie es nun mal ist, wenn man sich nach Jahrzehnten wiedertrifft: Es gab viel zu erzählen, einige haben sogar geflirtet. Gegen Mitternacht wollten Berit und Sören nach Hause. Sie waren mit den Rädern da. Ich bin noch geblieben und später mit dem Taxi heimgefahren. Zwei Tage später stand die Polizei bei mir vor der Tür. Die beiden waren nicht bei einer Familienfeier erschienen und niemand konnte sie erreichen. Ihre Handys waren ausgeschaltet. Die Eltern sind mit den Zweitschlüsseln in die Wohnungen der beiden und haben festgestellt, dass sie vermutlich nach dem Klassentreffen gar nicht zu Hause angekommen sind. Aber die Polizei hat nicht einen Hinweis auf ihren Verbleib gefunden."

„Das ist ja schrecklich."

„Wir waren alle total geschockt und haben geholfen, sie zu suchen. Wir haben tagelang die Gegend abgesucht und sind die Wege abgefahren, die sie nach Hause genommen haben könnten. Aber nichts. Irgendwann haben wir dann aufgegeben."

„Hast du noch auf eigene Faust ermittelt?"

Malin schüttelte den Kopf. „Nein. Die Polizei hatte ja eine SOKO gebildet. Die haben alles getan, um sie zu finden."

„Was hat dir damals dein Instinkt gesagt? Was glaubst du, was passiert ist?"

„Ich denke, dass den beiden etwas zugestoßen ist. Einfach unterzutauchen und alle im Ungewissen zu lassen, hätten sie ihren Eltern niemals angetan. Warum auch? Sie hatten keine Probleme. Das hätte Berit mir erzählt. Aber jetzt stelle ich mir jede Menge Fragen: Wo sind sie die letzten Jahre gewesen? Warum haben sie sich nicht gemeldet? Warum hatte Berit meine Telefonnummer bei sich und was wollte sie nach all den Jahren von mir?"

„Ob ihr Bruder noch lebt?"

„Wer weiß. Die Polizei wird jetzt mit Sicherheit die Suche nach ihm wieder aufnehmen. Die armen Eltern. Sie haben die Gewissheit, dass Berit tot ist, trotzdem können sie mit der Vergangenheit nicht abschließen, solange sie nicht wissen, was mit Sören geschehen ist."

„Willst du recherchieren?"

„Ich weiß nicht. Wenn Berit zurück nach Veendorf gekommen ist, ist Sören vielleicht auch hier und meldet sich bei mir.

Verflixt, ich kann irgendwie nicht mehr klar denken. In meinem Kopf geht gerade alles durcheinander. Ich muss erst mal eine Nacht drüber schlafen und dann sehe ich weiter."

„Falls du Hilfe brauchst, du weißt, dass du immer auf mich zählen kannst."

„Danke." Malin sah in seine hellgrauen Augen. Ihr war klar, dass sie sich in dieser Beziehung auf ihn verlassen konnte. Dann stand sie auf. „Gute Nacht."

Eine schwarz gekleidete Gestalt zog sich blitzschnell hinter die Hausecke zurück. Sie hatte genug gehört und musste abwarten, ob sich die Dinge in die gewünschte Richtung entwickelten. Falls nicht, würde sie nachhelfen.

Unbemerkt ging sie ums Haus herum, um dort noch etwas zu erledigen …

Kapitel 4

Am nächsten Morgen auf dem Weg ins Büro hielt Malin an einem Supermarkt in Cuxhaven, um Gemüse, Kartoffeln und ein paar andere Kleinigkeiten zu kaufen. Sie parkte ihren SUV auf dem Parkplatz direkt vor dem Geschäft, holte sich einen Einkaufswagen und huschte hinein. Gezielt steuerte sie den Bereich mit den Getränken an und legte zwei Sixpacks Bier in den Wagen. Danach ging sie weiter zum Kühlregal, nahm einen Becher von ihrem Lieblingsschokoladenpudding, schlenderte anschließend durch die Gemüseabteilung und dann zur Kasse. Nachdem sie bezahlt und ihre Einkäufe im Auto verstaut hatte, suchte sie die Bäckerei nebenan auf, um sich ein belegtes Brötchen und einen Kaffee zu kaufen. Da sie das Haus ohne Frühstück verlassen hatte, wollte sie in Ruhe essen und setzte sich an einen Tisch am Fenster.

Die Privatermittlerin hatte einmal von ihrem Fleischwurstbrötchen abgebissen, als ein Mann in ihrem Alter auf sie zukam.

„Malin? Bist du das?", fragte er.

Diese sah auf und runzelte die Stirn. „Ja", entgegnete sie zögernd und legte ihr Brötchen auf dem Teller ab.

„Erkennst du mich nicht?" Ungefragt setzte sich der Unbekannte zu ihr.

„Nein. Tut mir leid. Ich weiß gerade nicht ..."

„Ich bin's. Ben. Ben Husmann!"

„Ben Husmann?! Der kleine …" Sie stockte. Die Mitschüler hatten ihn früher Moppel, Fettklops oder Fettsack genannt.

Ihr Gegenüber lachte: „Ja, der kleine, dicke Ben. Das wolltest du doch sagen!"

„Mensch, hast du dich verändert", entfuhr es Malin. Er war groß und schlank. Lediglich die blonden, lockigen Haare erinnerten an damals.

„Ich war es irgendwann leid, immer wegen meines Gewichts gehänselt zu werden. Als Jugendlicher habe ich dann viel Sport betrieben und streng auf meine Ernährung geachtet."

„Wie alt warst du nochmal, als ihr weggezogen seid?"

„Vierzehn."

„Dann haben wir uns fast dreißig Jahre nicht gesehen."

„Das kommt hin. Ich war zwar zwischendurch immer mal wieder hier und habe Verwandte besucht, aber ich habe nie jemanden aus der Schulzeit getroffen."

„Oder du hast uns einfach nicht erkannt. So wie ich dich nicht erkannt habe."

„Mag sein. Aber ich habe sofort gewusst, dass du es bist. Deine schwarzen, langen Haare, die Grübchen, du siehst aus wie damals. Jetzt erzähl mal! Wie geht es dir? Was machst du beruflich? Bist du verheiratet? Hast du Kinder? Ich will alles wissen!"

„Das sind ja ganz schön viele Fragen auf einmal", entgegnete Malin und biss in ihr Fleischwurstbrötchen, weil ihr Magen knurrte.

„Wir haben uns ja auch schon sehr lange nicht gesehen", konterte Ben.

„Stimmt. Ich bin nicht verheiratet, habe keine Kinder und arbeite als Privatermittlerin."

Ben zog die Augenbrauen hoch. „Du bist Privatermittlerin?! Wie spannend. Da erlebst du bestimmt einiges."

„Allerdings. Ich beschäftige mich hauptsächlich mit vermissten Personen, Kindesentzug und Untreue. Du glaubst nicht, was sich da für Abgründe auftun."

„Das ist bestimmt auch manchmal gefährlich."

„Oh ja, ich bin schon mehr als einmal angegriffen worden. Vor fünf Jahren hat mich ein sehr reicher Mann beauftragt, Beweise für die Untreue seiner wesentlich jüngeren Frau zu liefern. Das hab ich getan, woraufhin er sie zur Rede gestellt und die Scheidung eingereicht hat. Sie ging dabei leer aus. Irgendwie hat sie dann rausgekriegt, dass ich diejenige war, die die eindeutigen Fotos gemacht hat. Sie hat mir eines Abends im Dunklen auf dem Parkplatz vor meinem Büro aufgelauert und versucht, mich abzustechen."

„Und wie bist du aus der Sache rausgekommen?"

„Ich habe mal einen Selbstverteidigungskurs gemacht."

„Ich bin beeindruckt."

„Wie ist es dir in den letzten Jahren ergangen? Was machst du beruflich? Bist du zu Besuch oder wohnst du wieder hier?"

„Ich mach ein paar Tage Urlaub. Hab mir eine Ferienwohnung in Cuxhaven gemietet. Es gibt ja keine Verwandten mehr. Mein Onkel und meine Tante sind vor einigen Jahren gestorben, mein Cousin lebt in Hamburg. Ich wohne nach wie vor in Kiel, arbeite als Vertriebsleiter in einem mittelständischen Unternehmen und bin frisch geschieden. Meiner Frau waren die ganzen Dienstreisen zu viel, da hat sie sich mit meinem besten Freund getröstet."

„Autsch!"

„Ich habe sie und unsere Tochter einfach zu oft allein gelassen."

„Hast du denn noch Kontakt zu einem der anderen Klassenkameraden?"

„Nein. Anfangs habe ich mich in den Ferien mit Andy und Peter getroffen. Aber mit der Zeit hat sich das verloren. Ich war zu weit weg und ohne Führerschein kommst du nicht mal eben hierher. Und du?"

„Ich war lange Zeit mit Berit und ihrem Bruder Sören befreundet. Sag mal, hattest du eigentlich eine Einladung zum Klassentreffen unserer Grundschulklasse vor drei Jahren bekommen?"

„Nein. Wahrscheinlich hatte niemand meine Adresse. Warst du da? Und warum hast du gesagt, du warst mit den beiden befreundet?"

„Ich bin da gewesen. War ein interessanter Abend. Außer dir haben nur noch vier andere gefehlt. Allerdings gab es einen tragischen Ausgang…" Malin senkte den Kopf.

„Was ist passiert?"

„Berit und Sören sind auf dem Nachhauseweg spurlos verschwunden."

„Wie, verschwunden?"

Malin erzählte ihm in allen Einzelheiten, was an dem Abend geschehen war. Erst als sie geendet hatte, sah sie wieder auf.

„Das ist ja schrecklich. Davon habe ich in Kiel gar nichts mitgekriegt. Und es gab kein Lebenszeichen mehr von ihnen?" Er schaute sie mit starrem Blick an.

„Nein. Nicht einen Hinweis."

„Das tut mir leid. Hoffentlich findet man die beiden irgendwann doch noch lebend."

„Dann aber nur Sören. Berit wurde gestern tot in der Nähe des Küstenwegs von Düsterstedt nach Veendorf gefunden. Die Polizei geht von einem Unfall aus."

„Das ist ja krass. Aber … wie du das gesagt hast hört es sich an, als ob du nicht an einen Unfall glaubst."

Malin zuckte die Schultern. „Ich finde es sehr merkwürdig, dass sie nach drei Jahren nach Veendorf zurückkehrt und ausgerechnet dann einen tödlichen Unfall hat."

„Da ist was Wahres dran. Aber wenn die Polizei von einem Unfall ausgeht, wird sie in dem Fall nicht weiterermitteln. Stellst du Nachforschungen an?"

„Da habe ich mir noch keine Gedanken drüber gemacht. Es muss erst mal bei mir ankommen, dass sie tot ist. Außerdem habe ich keinerlei Hinweise auf ein Verbrechen. Wenn ich irgendeinen Anhaltspunkt hätte, dann würde ich vielleicht nachforschen. Aber so …"

„An deiner Stelle würde ich das auf jeden Fall tun. Ihr wart gute Freunde! Willst du nicht wissen, was hinter ihrem Verschwinden und ihrem Tod steckt?"

„Doch schon …"

„Wenn du es dir anders überlegst – ich helfe dir. Melde dich einfach. Ich bin noch ein paar Tage in der Gegend und habe nichts Besonderes geplant. Ich schreibe dir meine Handynummer auf." Er nahm eine Serviette und kritzelte seine Nummer darauf.

„Danke." Malin sah auf ihre Armbanduhr. „Tut mir leid, Ben, ich muss ins Büro. War schön, dich getroffen zu haben. Vielleicht sehen wir uns tatsächlich nochmal."

Sie packte ihr halb gegessenes Brötchen in eine Papiertüte, stand auf und brachte Kaffeetasse und Teller zur Sammelstelle für schmutziges Geschirr.

„Bitte gib mir Bescheid, wann Berit beerdigt wird. Dann komme ich natürlich. Du wirst ja sicher auch hingehen."

„Klar gehe ich zur Beerdigung. Ich rufe dich an, sobald ich etwas weiß."

Kapitel 5

Vier Tage später fand Berits Beerdigung auf dem Friedhof in Cuxhaven statt. Es war ein Sommertag wie aus dem Bilderbuch: blauer Himmel und Temperaturen um die fünfundzwanzig Grad. Schmetterlinge tanzten durch die Luft und Bienen flogen geschäftig von einer Blüte zur anderen.

Auf den Gräbern blühten Dahlien, Polarsterne und Margeriten in weiß, gelb, rot und lila. Die gesamte Anlage war ein einziges Blütenmeer und es schien, als sei der Ort der Toten zum Leben erwacht. Solch einen Tag sollte man bei einem Ausflug oder einem ausgedehnten Strandspaziergang genießen. Es war schwer vorstellbar, jemanden zu Grabe zu tragen.

Malin trug zum schwarzen Etuikleid hochhackige Pumps. Diese hatte sie lange nicht mehr angezogen. Sie war es nicht gewohnt, auf hohen Schuhen zu laufen, denn sie war eher der sportliche Typ, der es bequem mochte und sogar einen Hosenanzug mit Sneakers kombinierte. Um nicht umzuknicken und sich den Absatz abzubrechen oder einen Bänderriss zuzuziehen, ging sie langsam über die geschotterten Wege.

Sie reihte sich in den Strom der schwarz gekleideten Frauen und Männer Richtung Trauerhalle ein. Viele von ihnen hatten Blumen dabei, um sie nach der Beisetzung ins Grab zu werfen. Malin schaute unauffällig nach rechts und links und stellte fest, dass sie die meisten kannte. Die Trauergemeinde bestand aus Verwandten, Nachbarn und Freunden aus Veendorf, wo Berit und sie gemeinsam aufgewachsen waren, und Bekannten aus den umliegenden Dörfern.

Ben, sportlich elegant in schwarzem Anzug und weißem Hemd, dessen oberer Knopf geöffnet war, wartete vor der Halle auf sie.

Nach einer kurzen Begrüßung warfen sie einen Blick hinein. Der Raum war bis auf den letzten Platz gefüllt. Mit zahlreichen anderen Trauergästen blieben sie draußen vor dem Eingang stehen. Dort würden sie den Trauergottesdienst über Lautsprecher verfolgen.

Zehn Minuten später trafen Linda und Patrick aus der alten Grundschulklasse ein, nickten ihr zu und stellten sich zu ihr.

Es folgte eine Trauerfeier, die unter die Haut ging. Die Musik hatten die Eltern ausgesucht. Sie wurde vom Band abgespielt. Es waren Berits Lieblingslieder: <Über sieben Brücken musst du gehn> von Peter Maffay war das erste.

Der Pfarrer, ein Mann mittleren Alters aus Süddeutschland, erzählte aus dem Leben ihrer Freundin: „… Berit war ein aufgewecktes Kind, immer aktiv und erkundete am liebsten die Tier- und Blumenwelt im Garten oder am Strand. Sie saß bereits auf einem Pferd, bevor sie überhaupt laufen konnte. Als Fünfjährige bekam sie ihr eigenes Pony: ein Islandpferd mit dem Namen Thor. Mit ihm nahm sie als Jugendliche sehr erfolgreich an Turnieren teil und belegte viele erste und zweite Plätze. Später, als sie in Hamburg BWL studierte, musste sie den Reitsport einschränken und ritt nur noch gelegentlich, wenn sie zu Hause in Veendorf bei ihren Eltern zu Besuch war. Nach dem Studium kehrte sie zurück in die Heimat, arbeitete bei einer Bank in Cuxhaven und wohnte in der Nähe der Alten Liebe …"

Malin starrte ins Leere, kämpfte mit den Tränen. Sie erinnerte sich daran, dass sie nahezu alle Stationen in Berits Leben begleitet hatte. Sie besaß selbst als Jugendliche ein eigenes Pferd, nahm zusammen mit ihrer Freundin an Reitturnieren teil, lebte mit ihr in Hamburg in einer Wohngemeinschaft, da sie dort Kriminologie studierte. Sie besuchten gemeinsam Studentenpartys, stürzten sich ins Nachtleben der Großstadt. Sie verbrachten eine aufregende Zeit mit Lernen, Ausgehen und Ausflügen zu den Landungsbrücken, der Binnenalster und dem Zoo, an die sie sich gerne zurückerinnerte.

Eine dreiviertel Stunde später öffnete sich die Tür der Trauerhalle. Kurz darauf erschien der Pfarrer auf der Türschwelle, direkt dahinter Ella und Jan Jacobsen. Aus einem Seiteneingang wurde der Eichensarg herausgeschoben. Auf ihm war ein prächtiges Gesteck mit roten Rosen und weißen Lilien befestigt. Der Pastor schritt hinter dem Sarg her, die Eltern – Hand in Hand und mit gesenkten Köpfen – folgten ihm. Danach reihten sich Familienangehörige und Freunde ein. Als sich die Halle geleert hatte, schlossen sich die draußen stehenden Trauergäste an. Die Menschenschlange zog sich quer durch die Reihen zu einem frisch ausgehobenen Grab.

Malin und Ben blieben etwa fünfzehn Meter entfernt in einem Seitenweg stehen. Von dort aus sahen sie direkt auf Berits letzte Ruhestätte. Ella stand mit hängenden Schultern davor, das Gesicht hinter einer Sonnenbrille versteckt. Vor Mund und Nase presste sie ein Taschentuch. Jan im schwarzen Anzug hatte sich bei seiner Frau eingehakt, um sie zu stützen. Er blickte starr auf das Loch vor sich, in das langsam der Sarg seiner Tochter hinabgelassen wurde. Malin ließ ihren Tränen freien Lauf. Bilder aus der gemeinsam verbrachten Zeit liefen wie ein Film vor ihrem geistigen Auge ab: Ausritte am Strand und im Watt, Kino- und Restaurantbesuche und – nicht zu vergessen – ihre USA-Urlaube. Oft war Sören dabei gewesen. Später, als sie alle Partner hatten, waren die Unternehmungen weniger geworden, doch sie trafen sich weiterhin regelmäßig. Plötzlich hob Ella Jacobsen den Kopf. Obwohl sie eine Sonnenbrille trug, war Malin klar, dass diese sie direkt ansah. Ihr steckte ein Kloß im Hals und sie wandte den Blick ab. Langsam schob sich die Trauergemeinde am Grab vorbei. Jeder verharrte einen Moment und gedachte Berits, warf Blumen oder Erde hinein. Ben und Malin folgten zum Schluss. „Alles Gute auf deiner letzten Reise", sagte sie und schaute auf den mit roten, gelben und weißen Rosen bedeckten Sarg. Dann wandte sie sich ab und ging zügig hinter den anderen Trauergästen her.

„Patrick fährt nach Hause, er hat noch einen Termin. Kommt ihr noch mit zum Kaffeetrinken?", fragte Linda, die unbemerkt neben ihnen aufgetaucht war.

Malin überlegte. Berit hätte sich darüber gefreut. „Ja klar."

Die Trauergemeinde war in ein Hotel ein paar hundert Meter vom Friedhof entfernt eingeladen. Daher beschlossen sie, den Weg zu Fuß zurückzulegen.

„Ich kann nicht glauben, dass sie tot ist. Man hat immer gehofft, dass sie eines Tages wieder auftauchen würde und es eine ganz harmlose Erklärung für ihr Verschwinden gäbe", sagte Linda, nachdem sie sich kurz zuvor mit Ben unterhalten hatte. „Und wo um alles in der Welt ist Sören? Diese Ungewissheit ist schrecklich. Ich frage mich ständig nach dem Grund für ihr Verschwinden."

„Wenn Sören auch nicht mehr lebend auftaucht, werden wir

es wohl nie erfahren", schlussfolgerte Ben.

„Ich kann nicht begreifen, dass die Polizei damals bei ihrer Suche nicht einen Hinweis gefunden hat."

„Es ist müßig, darüber nachzudenken. Ich frage mich vielmehr, warum Berit zurückgekommen ist und das allein. Es muss irgendeinen Anlass gegeben haben", sagte Malin, während sie das Hotel betraten und sich zu Nachbarn der Jacobsens an den Tisch setzten. Als sie die Tabletts mit Teilchen und belegten Brötchen betrachtete, schnürte sich ihr die Kehle zu. Wie sollte sie jetzt essen, wenn sie gerade ihrer Freundin das letzte Geleit erwiesen hatte?

Am Abend saß Malin auf der Terrasse und trank ein Bier. Ihr Kopf war leer. Daniel war zu einem Freund gefahren, um sich ein neues Headset zu besorgen. Sie genoss die Ruhe und beobachtete die Pferde des Nachbarbauern Hein auf der Wiese. Erst grasten sie friedlich, dann hielten sie inne, galoppierten wie von der Tarantel gestochen los und blieben nach einigen Runden in einer anderen Ecke der Koppel stehen und fraßen weiter.

Die Türglocke erschien Malin in der Abendstille doppelt so laut wie normal. Sie zuckte zusammen und schaute auf ihre Armbanduhr. Es war 21.00 Uhr. Wer kam um diese Uhrzeit zu Besuch?

Sie ging durch die offenstehende Terrassentür ins Haus, durchquerte das Wohnzimmer und betrat den Flur. Als sie die Haustür öffnete, wich sie einen Schritt zurück. Ihr Magen zog sich schmerzhaft zusammen. Vor ihr standen Berits Eltern: blass und mit dunklen Ringen unter den Augen.

„Entschuldige, dass wir dich noch so spät stören. Dürfen wir reinkommen?", fragte Ella Jacobsen.

„Natürlich", entgegnete Malin, trat zur Seite und ließ das Ehepaar hinein. Anschließend führte sie die beiden ins Wohnzimmer. „Bitte nehmt Platz. Möchtet ihr was trinken? Soll ich einen Tee kochen?"

Ella und Jan schüttelten die Köpfe und setzten sich aufs Sofa. Ellas Blick glitt durch den Raum. „Schön habt ihr's hier."

Malin ließ sich ihnen gegenüber in einem der beiden Sessel nieder. Sie betrachtete den Kamin, das große Eckfenster, das viel Tageslicht hereinließ, und die rote Sitzgruppe, die sich deutlich von den weißen Wänden und dem Ahornholzboden abhob. „Ja, das haben wir." Dann zögerte sie einen Moment. „Es tut mir so leid, was passiert ist. Irgendwie habe ich immer gehofft, dass ..."

„Danke, Malin. Es tat gut zu wissen, dass du und ein paar andere Schulfreunde Berit nicht vergessen habt und auf der Beerdigung gewesen seid."

„Das war doch selbstverständlich. Wir haben immer an die beiden gedacht."

Ella nickte stumm. Dann sah sie Malin direkt in die Augen. „Wir brauchen deine Hilfe."

„Natürlich helfe ich euch jederzeit gern. Was kann ich für euch tun?"

„Wir möchten, dass du Berits Mörder und Sören findest!"

„Die Ermittlungen der Polizei haben ergeben, dass Berit einen Unfall hatte."

„Das glauben wir nicht. Wir sind sicher, dass sie getötet wurde und ihr Mörder alles so geschickt eingefädelt hat, dass es wie ein Unfall aussieht."

„Wie kommt ihr darauf?"

Jan räusperte sich und sah seine Frau von der Seite an. „Wir wussten die ganze Zeit, dass Berit und Sören leben."

Kapitel 6

Malin starrte das Ehepaar an. „Moment mal …", stammelte sie. „… ihr habt gewusst, dass ihnen nichts zugestoßen ist und niemandem was davon gesagt? Das verstehe ich nicht! Warum? Wir haben uns alle Sorgen gemacht!"

„Die beiden haben sich fünf Tage nach ihrem Verschwinden bei uns gemeldet. Sie riefen aus einer Telefonzelle an. Ihren Aufenthaltsort haben sie aus Angst nicht verraten. Sören und Berit sind untergetaucht, weil sie in Gefahr waren. Warum, haben sie uns nicht gesagt, um uns zu schützen."

„Warum sind sie nicht zur Polizei gegangen? Was sollte das Ganze?"

„Wir haben ihnen ja geraten zurückzukommen und sich Hilfe zu holen. Sie haben abgelehnt. Berit sagte, dann gäbe es in Veendorf eine Katastrophe. Wir durften niemanden einweihen."

„Und wie ging es weiter?"

„Die beiden haben regelmäßig angerufen. Nach ungefähr vier Wochen erzählten sie uns, dass sie Jobs gefunden hätten und uns jeden Monat mit zweitausend Euro unterstützen würden. Und das haben sie auch getan." Jan zögerte, bevor er weitersprach. „Weißt du, unser Hof wirft schon seit langem nicht mehr viel ab. Die Ernten in den vergangenen Jahren waren schlecht und von der Bank bekommen wir keinen weiteren Kredit. Lange hätten wir das ohne diesen monatlichen Zuschuss nicht mehr durchgehalten. Dann hätten wir verkaufen müssen. Aber da sind wir nicht die Einzigen, das geht den anderen Bauern im Dorf genauso. Ich frage mich, wie die heute immer noch über die Runden kommen …"

„Wusstet ihr, dass Berit nach Veendorf zurückkommen wollte?"

„Wir hatten keine Ahnung, dass sie in der Gegend war und was sie hier wollte." Jan zuckte mit den Schultern. „Wer weiß, vielleicht hielten die beiden sich ja die ganze Zeit über in der Nähe versteckt."

„Hat sich Sören nach Berits Tod nochmal gemeldet?"

„Nein. Und deswegen haben wir Angst, dass ihm auch etwas zugestoßen ist."

„Verstehe. Haben sie in den Telefongesprächen mal etwas erwähnt, das auf ihren Aufenthaltsort schließen lässt? Vielleicht eine Freizeitbeschäftigung oder ein Restaurantbesuch?"

„Nein, gar nichts. Aber du bist doch Privatermittlerin und warst Berits Freundin. Wenn jemand ihren Mörder und ihren Bruder findet, dann du."

„Ich kann nichts versprechen, aber ich werde mein Bestes geben. Darauf könnt ihr euch verlassen."

„Wieviel kostet so etwas?"

„Nichts. Wir waren Freunde. Da nehme ich kein Geld. Das ist Ehrensache."

Ein Lächeln huschte über Ellas Gesicht. „Du bist eine wahre Freundin."

Jan stand auf und streckte ihr mit Tränen in den Augen die Hand entgegen. „Danke, Malin. Das werden wir dir nie vergessen."

„Eine Frage noch. Haben die beiden die zweitausend Euro von ihrem Konto überwiesen?"

„Nein. Das Geld wurde jedes Mal bar eingezahlt. Immer bei einer anderen Bank in Hamburg. Einzahler war Anja Behrens. So nannte sich Berit seit ihrem Untertauchen."

Dann verabschiedeten sich die Jacobsens. Malin blickte ihnen nach, bis ihr alter, klappriger Pritschenwagen von der Zufahrt auf die Hauptstraße abgebogen war. Daniels Sportwagen stand inzwischen vor dem Haus und nachdem sie zurück auf die Terrasse gegangen war und sich auf die Holzbank zwischen den Rosenbeeten gesetzt hatte, erschien er in der Terrassentür und kam zu ihr herüber.

„Wer war das ältere Ehepaar?", fragte er und ließ sich neben ihr auf der Bank nieder.

„Das waren Berits Eltern."

Er zog die Augenbrauen hoch. „Was wollten die denn hier? Ihr habt euch doch vorhin auf der Beerdigung gesehen."

„Das glaubst du nicht." Malin lachte bitter und erzählte ihm von dem Gespräch mit Jan und Ella.

„Wow! Bei Nacht und Nebel zu verschwinden und alle – außer den Eltern – im Glauben zu lassen, dass ihnen etwas zugestoßen ist und sie vielleicht sogar tot sind, ist echt krank. Dann war Berits Tod auf keinen Fall ein Unfall."

„Das sehe ich genauso. Fest steht, dass etwas ganz Schlimmes hinter ihrem Verschwinden stecken muss. Immerhin trauten sie sich nicht, zur Polizei zu gehen."

„Vielleicht haben sie ein Verbrechen beobachtet oder sowas in der Art. Und dann mussten sie untertauchen, weil die Täter sie umbringen wollten."

„Schon möglich. Jetzt werde ich auf jeden Fall ermitteln. Aber nach so vielen Jahren wird es schwierig, noch irgendwelche Anhaltspunkte zu finden."

„Du kannst auf mich zählen."

„Danke. Wir sehen morgen weiter. Ich gehe jetzt erstmal ins Bett. Der Tag heute hat mich geschafft."

Kapitel 7

Am nächsten Morgen wachte Malin auf, bevor der Wecker klingelte. Sie schaute auf ihr Smartphone. Es war 5.30 Uhr. An jedem anderen Tag hätte sie sich umgedreht und weitergeschlafen, doch sie wollte mit der Recherche beginnen. Sie sprang aus dem Bett, duschte und lief die Treppe hinunter in die Küche.

Als sie am Wohnzimmer vorbeikam, roch es nach Pizza mit Thunfisch und Zwiebeln. Dieser Geruch auf nüchternen Magen verursachte ihr Übelkeit. Sie schaute durch die geöffnete Tür in den Raum. Daniel saß auf einem Stuhl am Esstisch, den Arm links neben seinem Laptop auf der Tischplatte abgelegt, darauf den Kopf. Er schlief und atmete gleichmäßig. Rechts stand ein Teller mit den Resten einer Tiefkühlpizza. Malin verzog das Gesicht. Er hatte wieder bis spät in die Nacht gearbeitet. Sie betrat das Wohnzimmer, stellte sich vor ihn und schlug kräftig mit der Faust auf den Tisch. Daniel schreckte zusammen und sah sich erschrocken um. „Wie? Was? Oh, ich muss wohl eingenickt sein. Wieviel Uhr ist es?"

„Sechs. Du entsorgst jetzt deinen Müll und gehst duschen. In zwanzig Minuten gibt's Frühstück", befahl Malin und verließ den Raum.

„Du lädst mich zum Frühstück ein? Wie großzügig. Was soll ich für dich herausfinden?"

„Erkläre ich dir gleich."

Als Daniel zwanzig Minuten später die Küche betrat, roch es

nach frisch aufgebrühtem Kaffee und der Tisch war gedeckt. Es gab Erdbeeren und Himbeeren aus dem eigenen Garten, Müsli, Joghurt, Rühreier mit Speck, Vollkornbrötchen, verschiedene Sorten Marmelade und eine Platte mit Wurst und Käse.

Daniel, der seit ihrer Trennung morgens lediglich ein Croissant aß und sich abends von Tiefkühlpizza, Nudeln oder Ravioli aus der Dose ernährte, ließ seinen Blick über den Tisch gleiten. Er strahlte wie ein Kind vor dem Weihnachtsbaum.

„Wow. Wenn du dich so ins Zeug legst, muss ich wohl einiges für dich tun."

„Du bist ab sofort mein Assistent im Fall Jacobsen. In dieser Zeit bekommst du jeden Morgen ein Frühstück", erklärte Malin, während sie Butter auf eine Brötchenhälfte schmierte und mit Camembert belegte.

„Okay. Was brauchst du?"

„Als erstes besorgst du mir Bewegungsprofile von Berits und Sörens Handys vom Abend des Verschwindens. Und eine Liste über ein- und ausgehende Anrufe zwei Wochen zuvor."

„Kein Problem, wenn die Daten bei ihrem Anbieter noch gespeichert sind. Vielleicht sind sie das aufgrund der besonderen Situation." Daniel biss genüsslich in sein Marmeladenbrötchen. „Wenn ich immer so gut versorgt werde, lass ich mich fest von dir anstellen."

„Lieber nicht. Aber damit das klar ist: von deinen Pflichten im Haushalt bist du nicht befreit. Also denk dran, diese Woche musst du die Böden in den Gemeinschaftsräumen saugen und putzen."

Er verzog das Gesicht. „Ich weiß. Das mach ich …"

„… später. Wie immer." Malin seufzte und verzichtete

ausnahmsweise darauf, ihn zu ermahnen. Sie brauchte seine Hilfe, vor allem seine Kenntnisse als IT-Spezialist. Er arbeitete nicht nur freiberuflich als Berater für verschiedene Unternehmen, sondern auch als „Hacker" im Bereich Computersicherheit und deckte Schwachstellen in Systemen auf. Wenn er ihr nicht helfen konnte, an gewisse Daten zu kommen, wer dann?

Während Malin den Frühstückstisch abräumte, zog sich Daniel auf die Terrasse zurück, um ihr die gewünschten Informationen zu beschaffen. Das Vorgehen war nicht legal, aber wenn es zur Lösung des Falls beitrug ... Er nutzte den Tor-Browser, um in ein anonymes Netzwerk zu kommen. So konnte er seine Nachforschungen anstellen, ohne nachverfolgbare Spuren zu hinterlassen.

Außerdem würde er alles tun, um ihr zu helfen, denn er liebte sie nach wie vor. Auf der anderen Seite interessierte es ihn, was hinter dem Verschwinden ihrer Freunde steckte und ob Sören lebte. Über die Telefonnummern, die Malin ihm aufgeschrieben hatte, ermittelte er den Mobilfunkanbieter und prüfte dann, ob dieser die Daten nach der langen Zeit noch gespeichert hatte. Dies war bei Vermisstenfällen denkbar.

Eine Stunde später hatte er die gewünschten Informationen herausgefunden.

Malin sah sich als erstes die Bewegungsprofile an. „Die beiden haben gegen Mitternacht das Klassentreffen bei Düsterstedt verlassen. Dann sind sie Richtung Mahrhusen gefahren. Kurz vor dem Ort haben sie eine Viertelstunde Pause gemacht."

„Das ist doch eine abgelegene Strecke. Kennst du dich in der Gegend aus? Gibt es da überhaupt Häuser?"

„In dem Bereich steht nur eine alte, verfallene Scheune. Und die darf man nicht betreten. Weiter ist da nichts." Malin runzelte die Stirn. „Ich glaub, ich weiß, was sie da gemacht haben. Kurz nachdem die beiden die Feier verlassen hatten, gab es ein heftiges Gewitter mit Platzregen. Wir anderen haben dann fluchtartig das Klassentreffen verlassen. Berit und Sören haben sich bestimmt dort untergestellt."

„Das wäre sehr mutig gewesen, wenn die Scheune einsturzgefährdet ist."

„Ich glaube, die Außenwände sind noch recht gut erhalten. Vielleicht haben sie sich nur unter einen Dachvorsprung gestellt", grübelte Malin.

„Das macht es nicht besser. Bei Starkregen und Wind hätten Teile runterfallen können."

„Wie auch immer, sie sind dann Richtung Mahrhusen weitergefahren. Dort haben sie die Handys ausgeschaltet."

„Sie wurden danach nicht wieder eingeschaltet. Das habe ich überprüft."

„Ab da kann man nur spekulieren. Was ist unterwegs passiert? Ist ihnen jemand begegnet? Wurden sie überfallen? Oder verschleppt und konnten sich nach einiger Zeit befreien?"

„Es war übrigens damals in dem Bereich kein weiteres Handy eingeloggt. Was aber letztlich nichts zu sagen hat. Eine Entführung würde ich ausschließen. Es gab keine Lösegeldforderung. Und dass jemand zwei Personen kidnappt ohne Geld zu erpressen, halte ich für ziemlich unwahrscheinlich. Außerdem haben sie sich ja nach ein paar Wochen bei ihren Eltern gemeldet und nichts davon erwähnt."

„Stimmt. Ein Überfall macht aber auch keinen Sinn. Selbst wenn der oder die Täter die Handys zerstört oder mitgenommen hätten, hätten die beiden anschließend zur Polizei gehen zu können. Es muss etwas sehr Schlimmes passiert sein, weswegen sie sich nicht mehr zurück nach Veendorf getraut haben."

„Was das war, kann uns nur Sören verraten, falls er noch lebt und nicht auch zufällig einen tödlichen Unfall hatte. Wurden damals eigentlich persönliche Dinge der beiden gefunden? Eine Tasche, ein Portemonnai oder die Fahrräder?"

Malin schüttelte den Kopf. „Nichts. Die Polizei hat damals alle in Frage kommenden Heimwege gründlich abgesucht, auch die Strecke entlang der Scheune. Wir Freunde haben sie dabei unterstützt."

„Hatten die beiden Feinde? Oder gab es irgendjemanden aus dem Umfeld, mit dem sie in Streit geraten sind? Heutzutage werden Menschen immer wieder wegen irgendwelcher Kleinigkeiten Opfer von Gewalttaten oder Erpressung."

„Nicht, dass ich wüsste. Berit und ich waren sehr eng befreundet, sie hätte mir erzählt, wenn es Schwierigkeiten gegeben hätte. Deshalb glaube ich, der Grund für ihr Verschwinden ist plötzlich und unerwartet nach dem Klassentreffen eingetreten."

„Haben die Eltern erwähnt, ob sie mit beiden Geschwistern gesprochen haben? Oder ob zum Beispiel immer nur Berit angerufen hat und von Sören lediglich Grüße ausgerichtet hat. Ich meine, es wäre ja durchaus möglich, dass Berit Sören umgebracht hat und allein untergetaucht ist."

„Sag mal, spinnst du?" Malin sah Daniel mit funkelnden Augen an. „Wie kannst du nur so was denken!? Egal was vorgefallen wäre, das hätte sie niemals getan!"

„Schon gut. Ich dachte nur, man sollte in alle Richtungen überlegen …"

„Aber nicht in diese. Für Berit lege ich meine Hand ins Feuer." Daniel reichte ihr weitere Blätter. „Das sind die Anruflisten der letzten beiden Wochen vor ihrem Verschwinden. Ein- und ausgehende Telefonate."

Malin nahm sie schweigend entgegen und schaute sie von oben bis unten durch. An einigen Stellen machte sie ein Kreuz. „Die meisten Nummern kenne ich. Die sind von den Eltern und Schulfreunden. Die unbekannten ruf ich mit unterdrückter Nummer an", sagte sie, ohne ihn anzusehen.

Sie nahm ihr Smartphone, schaltete die Rufnummernübertragung aus und telefonierte die markierten Positionen der Reihe nach ab. Es meldeten sich Freunde, Nachbarn, eine Praxis für Physiotherapie und ein Restaurant.

„Mist", murmelte sie.

Während Daniel ins Haus ging, um Getränke zu holen, schaute sich Malin die heimlich in der Rechtsmedizin gemachten Fotos an. Bei dem Bild des Tattoos mit der Zahlenkombination verharrte sie. Warum lässt man sich eine Zahlenfolge auf den Oberarm tätowieren? Gängige Motive sind Anker, Tiere, Schriftzüge, der Partner oder Ähnliches. Minutenlang starrte die Privatermittlerin auf die Zahlen, bis sie vor ihren Augen verschwammen. Dann durchzuckte es sie wie ein Blitz: Es handelte sich um eine verschlüsselte Nachricht!

Kapitel 8

Malin steckte ein Kloß im Hals. Das Tattoo war eine Botschaft ihrer verstorbenen Freundin, für den Fall, dass ihr etwas zustoßen würde. Gibt sie auf diese Weise nach ihrem Tod einen Hinweis auf den Aufenthaltsort der letzten Jahre?

„Sag mal, hast du vielleicht eine Idee, was diese Zahlen bedeuten könnten? Berit hatte sie auf dem Oberarm tätowiert." Sie zeigte Daniel das Foto, als er mit einer Flasche Wasser in der Hand zurückkam.

Während er minutenlang das Bild betrachtete, trommelte Malin mit den Fingern auf den Armlehnen ihres Stuhls, dann auf dem Tisch.

„Das kann alles Mögliche bedeuten. Aber wenn ich die Anzahl der Ziffern sehe, man hier zum Beispiel ein N und da ein E vorsetzt, dort Punkte einfügt und da noch ein Leerzeichen, könnten es GPS-Koordinaten sein."

„Na klar! Das sind die Koordinaten von dem Ort, wo sie gelebt haben! Die Formatierung hat sie weggelassen, damit es nicht auf den ersten Blick zu erkennen ist! Das sollten wir entschlüsseln, wenn ihr etwas zugestoßen ist."

„Dafür hast du mich ja", grinste er.

„Dann finde mal raus, was das für ein Ort ist."

Daniel gab die Daten im Internet ein und bekam kurz darauf das Ergebnis. „Die Adresse lautet <Dorfstraße 1 in Walenbruch>. Das liegt zwischen Cuxhaven und Hamburg. Ungefähr auf der Hälfte. Es ist eins von zwei Häusern an einem kleinen See. Du kannst dir ein Foto vom Bildschirm machen, dann hast du alle Infos."

„Wenn man bedenkt, dass das Geld für die Jacobsens immer bei einer Bank in Hamburg in bar eingezahlt wurde, ist der Ort nicht mal so abwegig. Ich werde mich gleich auf den Weg machen. Das ist ja nur eine knappe Stunde."

„Ich komme mit. Wir wissen nicht, was dich dort erwartet."

„Nein. Ich fahre allein. Berits Mörder wird wohl kaum dort auf mich warten", scherzte sie.

Gegen Mittag setzte sich Malin ins Auto und fuhr nach Walenbruch. Wieder und wieder stellte sie sich die gleichen Fragen: Hatten sie die Zahlenkombination richtig entschlüsselt? Würde sie Sören dort antreffen und erfahren, was damals geschehen ist?

Sie trommelte mit den Fingern auf dem Lenkrad, schaltete das Radio ein und aus. Die Fahrt schien kein Ende zu nehmen.

Als sie gegen dreizehn Uhr in Walenbruch ankam, war der Ort wie ausgestorben. Zu allem Überfluss hatte sie vergessen, ihr Smartphone aufzuladen, und der Akku hatte sich kurz vor dem Ziel verabschiedet. Malin überlegte, wie sie die Straße am schnellsten finden würde. Sie fuhr die Hauptstraße entlang, dann durch die Seitenstraßen. Nirgends entdeckte sie den Straßennamen auf einem Schild. Unvermittelt trat vor ihr auf der rechten Seite eine Frau aus der Haustür und ging den Bürgersteig nach links hinunter. Die Privatermittlerin folgte ihr, stoppte auf ihrer Höhe und ließ das Fenster herunter.

„Entschuldigung. Ich habe eine Frage", sagte sie. „Ich suche die Dorfstraße 1. Können Sie mir sagen, wie ich dort hinkomme?"

Die Frau im Rentenalter zuckte zusammen. „Warum wollen Sie das wissen?"

„Dort wohnt eine Schulfreundin von mir."

„Fahren Sie zurück zur Hauptstraße und biegen sie rechts ab. Nach dem Ortsausgang ist es ungefähr noch einen Kilometer. Sie können die Dorfstraße nicht verfehlen. Aber seien Sie vorsichtig."

„Warum?"

„Da geschehen merkwürdige Dinge."

„Vielen Dank." Malin spürte einen Stich in der Magengegend. Hatte ihre Andeutung mit Berits Verschwinden zu tun? Sie wollte nachfragen, was dort passiert war, aber da hatte sich die Dame abgewendet und ging schnellen Schrittes davon.

Sie startete den Wagen und folgte den Anweisungen der Frau. Nach ein paar Minuten gelangte sie zu den beiden Häusern, die, umgeben von Wald und Wiesen, an einem kleinen See lagen. Sie parkte in der Einfahrt der Nummer 1 ein. Ihr Herz klopfte. Was würde sie hier erwarten?

Malin stieg aus und sah sich um. Niemand war zu sehen. Sie ging zur Haustür. Auf dem Türschild stand kein Name. Sie klingelte. Nichts rührte sich im Inneren. Sie wartete einen Moment, dann drückte sie erneut auf die Klingel. Schließlich trat sie vor das Fenster links neben der Tür und schaute hinein. Dort befand sich die Küche. Dreckiges Geschirr türmte sich auf der Spüle, benutzte Gläser und Teller standen auf dem Tisch. Das ließ auf einen unerwarteten Aufbruch schließen.

„Kann ich Ihnen helfen?" Malin zuckte zusammen, als sie die energische Stimme einer Frau vernahm. Sie drehte sich um und erblickte eine Mittvierzigerin hinter dem Gartenzaun des Nachbargrundstücks.

Die Privatermittlerin überquerte die Straße. „Meine Schulfreundin Berit soll seit einiger Zeit hier wohnen."

„Da wohnt keine Berit."

Malin zog ihr Smartphone aus der Hosentasche und suchte das Foto vom letzten Klassentreffen, auf dem sie zusammen mit ihrer Freundin zu sehen war. Die Frau betrachtete eingehend das Bild und runzelte die Stirn. „Das ist Anja Behrens. Aber sie trägt jetzt ihre Haare kurz und sie sind schwarz gefärbt."

„Sind Sie sicher?"

„Hundertprozentig. Das ist die gleiche Frau. Was soll das Ganze?"

„Lebt dieser Mann auch hier?" Sie zeigte der Nachbarin ein Bild von Sören.

„Ja, das ist Marten Behrens. Er hat jetzt ebenfalls schwarze Haare. Was wollen Sie und wer sind Sie überhaupt?"

„Entschuldigung. Ich bin Malin Larssen, Privatermittlerin." Sie überreichte der Frau ihre Visitenkarte. „Berit, Sören und ich sind zusammen zur Schule gegangen. Wir waren gute Freunde. Bis vor drei Jahren. Da sind die beiden auf dem Nachhauseweg von einem Klassentreffen spurlos verschwunden. Vor einer Woche wurde Berit in der Nähe von Veendorf, unserem Heimatort, tot aufgefunden. Laut Polizei ist sie gestürzt und mit dem Kopf auf einen Stein gefallen." Dann stockte sie. Erst nach einigen Sekunden fuhr sie fort. „Aber ich glaube nicht an einen Unfall. Deshalb bin ich hier. Und um mit Sören zu sprechen."

Der Nachbarin war während ihrer Schilderungen die Farbe aus dem Gesicht gewichen. „Mein Gott, das ist ja furchtbar", flüsterte sie. „Aber das erklärt so manches."

„Was denn?"

„Kommen Sie mit ins Haus. Ich mache uns einen Tee. Dann können wir in Ruhe weiterreden. Ich bin übrigens Antje Herring."

Malin folgte ihr quer über das Grundstück zu einem alten Reetdachhaus, wo sie durch eine geöffnete Glastür hineingingen.

„Nehmen Sie bitte Platz." Die Nachbarin deutete auf den Holztisch mit sechs Stühlen.

Die Privatermittlerin setzte sich und sah sich um. Die Einrichtung erinnerte sie an ihre eigene Küche im schwedischen Stil: Fußboden aus hellem Laminat, weiße Küchenmöbel, ebenfalls aus Holz, hellblaue Gardinen und Sitzkissen und ein Blumenstrauß aus bunten Feldblumen mitten auf dem Tisch.

„Mögen Sie schwarzen Tee?", fragte Antje Herring, während sie Wasser in einem Wasserkocher erhitzte.

„Ja, gerne. Sie haben es wirklich schön hier", sagte Malin und blickte durch die bodentiefen Fenster hinaus auf den See.

„Das stimmt. Mein Mann und ich fühlen uns auch sehr wohl hier. Und die Kinder haben viel Platz zum Spielen", entgegnete sie und stellte zwei weiße Teetassen mit Blumenmuster und eine Schale mit Keksen auf den Tisch. Dann goss sie das heiße Wasser in eine Teekanne.

„Wann sind Berit und Sören drüben eingezogen? Und wie kam es dazu?", fragte Malin.

„Sie standen im Sommer vor drei Jahren mit ihren Fahrrädern vor unserer Tür und wollten das Häuschen mieten. Wissen Sie, es gehört meinem Mann und mir. Wir haben es sonst wochenweise an Feriengäste abgegeben. Die beiden wollten es dauerhaft. Wir sind uns über den Preis einig geworden und sie sind sofort eingezogen. Wir haben uns gewundert, weil sie buchstäblich mit Nichts gekommen sind. Sie hatten nur ein paar Plastiktüten bei sich. Wir haben aber nicht weiter nachgefragt."

„Wie haben die beiden auf Sie gewirkt?"

Antje Herring zuckte mit den Schultern, goss den Tee ein und setzte sich zu Malin an den Tisch. „Sie waren anfangs äußerst zurückhaltend. Haben kaum das Haus verlassen und sich aus der Dorfgemeinschaft rausgehalten. Sie wirkten irgendwie fahrig, als fürchteten sie sich vor etwas. Wenn wir gemeinsam draußen standen, fuhren sie jedes Mal zusammen, wenn auf der Hauptstraße ein Auto langsam vorbeifuhr. Nach ein paar Monaten hat sich das geändert. Sie wurden offener und haben auch mit uns gefeiert. Erzählt haben sie über sich allerdings nie etwas. Niemand wusste, woher sie kamen und ob sie Familie hatten. Wir haben die beiden auch zu nichts gedrängt."

„Wo haben Berit und Sören gearbeitet?"

„Sie haben uns erzählt, sie seien Schriftsteller. Das heißt, sie waren den ganzen Tag zu Hause."

„Wann haben Sie Berit das letzte Mal gesehen?"

„Das war vor sieben Tagen. Genau. Da ist sie frühmorgens mit dem Fahrrad weggefahren und nicht mehr zurückgekehrt."

„Und Sören?"

„Den habe ich schon ein oder zwei Tage davor nicht mehr gesehen. Auch er ist seitdem nicht wieder aufgetaucht."

„Haben Sie sich nicht gewundert?"

Sie schnaubte verächtlich. „Die beiden sind erwachsen. Sie können verreisen, ohne sich bei mir abzumelden. Aber jetzt im Nachhinein ..."

„Ist Ihnen in den Tagen vorher etwas aufgefallen? Haben sich die beiden verändert? Gab es Streit mit irgendjemandem? Hat sich eine unbekannte Person hier rumgetrieben?"

„Nein", entgegnete sie. Nachdem sie das ausgesprochen hatte, runzelte sie die Stirn. „Oder warten Sie … da war doch was. Ja genau! Am Tag, als ich Sören das letzte Mal gesehen habe, stand eine dunkle Limousine vorn an der Hauptstraße. Direkt gegenüber unserer Straße. Ein Mann saß drin."

„Haben Sie das Kennzeichen?"

„Leider nein. Es war von hier aus nicht zu erkennen."

„Können Sie den Fahrer beschreiben?"

„Nein. Er war zu weit weg."

„Hatte er helle Haare oder dunkle, lange oder kurze?"

„Kurz und ich glaube sie waren blond."

„Das ist doch schon mal was."

„Haben Sie zufällig die Handynummern der beiden?"

„Ja, die hab ich."

„Würden Sie sie mir geben?"

Antje Herring stand auf, nahm Stift und Notizzettel vom Küchenschrank und schrieb die Nummern auf. Dann reichte sie Malin den Zettel.

„Danke. Vielleicht kann ich darüber etwas in Erfahrung bringen."

„Ich hoffe, dass Anjas Mörder schnell gefasst wird und man Marten lebend findet. Das Ganze tut mir unendlich leid. Wir haben uns nachher, als sie mehr Kontakt zu uns Nachbarn gesucht haben, sehr gut verstanden und so manches Grillfest veranstaltet."

„Ich werde alles tun, was in meiner Macht steht. Ich lasse Ihnen meine Visitenkarte da, für den Fall, dass Ihnen noch etwas einfällt oder etwas Ungewöhnliches passiert. Sie können mich jederzeit anrufen."

„Geben Sie mir Bescheid, wenn Sie etwas rausgefunden haben? Ich schreib meine Nummer noch mit auf den Zettel."

„Das mache ich", versprach Malin, trank ihre Tasse leer und erhob sich von ihrem Stuhl. „Vielen Dank für den Tee und Ihre Hilfe."

„Warten Sie." Antje Herring sah sie unvermittelt an. „Ich vertraue Ihnen. Ich habe das Gefühl, dass Ihnen viel dran liegt, den Verbrecher zu finden. Ich habe noch einen Schlüssel für das Ferienhaus. Wie gesagt, es gehört uns. Normalerweise würde ich so etwas nicht tun, aber in diesem Fall mache ich eine Ausnahme. Wir gehen rüber und schauen nach, ob es irgendwelche Hinweise gibt, die Sie bei Ihrer Suche weiterbringen."

„Das ist eine gute Idee."

Antje Herring nahm einen Schlüsselbund aus einer Schublade und sie gingen gemeinsam hinüber ins Ferienhaus. Malin schauderte, als die Nachbarin die Tür aufschloss. Was würde sie erwarten? Würden sie Sören verletzt oder tot vorfinden?

Sie traten in den Flur. Dort war es heiß und stickig.

„Wir nehmen uns am besten ein Zimmer nach dem anderen vor", schlug die Privatermittlerin vor.

Antje Herring nickte und folgte ihr. Sie begannen mit dem Wohnzimmer. Malin ließ ihren Blick durch den Raum gleiten. Fenster und Terrassentür waren verschlossen und unbeschädigt. Das Zimmer mit den Eichenmöbeln und der schwarzen Couchgarnitur war aufgeräumt. Lediglich die Schubladen des Sideboards waren geöffnet. Malin schaute sich das Ganze aus der Nähe an: In der obersten lagen Kerzen, Streichhölzer, Servietten und Stifte durcheinander, in denen darunter herrschte ebenfalls Chaos. Hier hatte jemand etwas gesucht.

Anschließend öffnete sie die Türen des Wohnzimmerschranks. Dort standen ein Raclette, ein Fondue-Topf und eine Vase.

Dann gingen sie weiter in die Küche. In den Schränken im rustikalen Landhausstil befanden sich Gläser, Geschirr und Lebensmittelvorräte. Das Chaos auf Spüle und Tisch hatte sie bereits durchs Fenster gesehen.

Im Badezimmer mit den beigen Fliesen und der braunen Bordüre gab es ein Regal mit frischen Handtüchern und Toilettenartikeln, im Schlafzimmer, in dem zwei Einzelbetten standen, einen Schrank. Darin befand sich die Kleidung der beiden und Bettwäsche. Alles war durchwühlt und durcheinander geworfen worden.

Damit war klar, dass Berit und Sören damals, nachdem sie ihre Handys ausgestellt hatten, sofort verschwunden waren. Es gab keine persönlichen Gegenstände: Weder Papiere, noch Fotos oder Erinnerungsstücke, nicht einen Hinweis darauf, woher sie stammten. Als hätte es ihre Vergangenheit in Veendorf nie gegeben.

Malin suchte unter Matratzen und Betten nach Geheimverstecken, doch sie fand keinerlei Anhaltspunkte auf das, was zum Untertauchen geführt hatte. „Nichts. Es gibt keine Anzeichen dafür, was letzte Woche hier passiert ist oder warum sie damals verschwunden sind. Wahrscheinlich hat der Einbrecher die Tür mit einer Scheckkarte geöffnet."

„Lassen Sie uns noch draußen nachschauen."

„Gute Idee." Malin ging voran und öffnete die Tür, die aus dem Wohnzimmer hinaus auf die mit dunkelbraunen Holzpaneelen angelegte Terrasse führte. Dort standen ein blau-weiß gestreifter Strandkorb und ein Metalltisch mit vier Stühlen, daneben ein gemauerter Kamin.

„Der Ausblick auf den See ist herrlich", sagte die Privatermittlerin und ließ ihren Blick übers Wasser gleiten.

„Ja, es ist ein wunderbares Fleckchen Erde. Die Hauptstraße ist kaum befahren und die Ruhe einmalig. Wahrscheinlich haben sich Berit und Sören hier versteckt, weil sie sich sicher fühlten."

„So wird es gewesen sein."

Plötzlich fiel Malins Blick auf einen zerknitterten Zettel, der halb unter dem Strandkorb lag. Sie hob ihn auf und strich das Papier glatt. Antje Herring schlug die Hände vor den Mund und sah sie erschrocken an.

„Ich weiß, was ihr getan habt", las die Privatermittlerin vor. Die einzelnen Worte waren in unterschiedlicher Größe aus Zeitschriften ausgeschnitten worden.

„Was hat das zu bedeuten? Warum wurden die beiden bedroht? Oh Gott! Dann ist Sören bestimmt auch tot."

„Das muss nicht sein. Aber was sollten die beiden getan haben? Sie sind doch keine Verbrecher! Vielleicht haben sie etwas Illegales beobachtet und dann jemanden mit diesem Schreiben unter Druck gesetzt, damit er sich stellt."

„Und der hat herausgefunden, wer der Absender war, ist hergekommen und hat sich gerächt."

„Ist der Papiermüll nach dem Verschwinden der beiden schon abgeholt worden?"

„Ja, gestern."

„Verdammt. Wir müssen in den Mülleimern in der Küche nachschauen, ob eine zerschnittene Zeitung reingeworfen wurde." Malin ging voraus. „Mist, leer. Ohne weitere Anhaltspunkte wird es schwer, etwas rauszufinden. Fest steht nur, dass sie in Schwierigkeiten waren."

„Wenn Sie Hilfe brauchen, melden Sie sich."

„Danke, das mache ich. Ich bin übrigens Malin."

„Antje." Die Nachbarin nahm die Hand, die die Privatermittlerin ihr entgegen streckte. „Und pass auf dich auf. Wir wissen
nicht, mit was für Typen die beiden Schwierigkeiten hatten."

Nachdem Malin sich von ihr verabschiedet hatte und zu ihrem
Auto ging, sah sie eine dunkle Limousine auf dem Seitenstrei-
fen an der Hauptstraße gegenüber zur Zufahrt parken. Der
Fahrer schaute durch ein Fernglas zu ihnen herüber. Als sie in
ihren SUV stieg, fuhr er mit quietschenden Reifen davon.

Die ganze Heimfahrt über grübelte Malin. Was hatten Berit
und Sören getan? War die schwarze Limousine dieselbe, die
Antje zuvor gesehen hatte? Wer war der Mann am Steuer?
War es der Mörder ihrer Freundin? Fragen, die sie zu klären
hatte.

Rund eine Stunde später kam sie zu Hause an. Daniel saß wie
so oft auf der Terrasse und arbeitete. Als sie hinaustrat,
schaute er auf.

„Und? War es die richtige Adresse? Hast du was rausgefunden? Hast du Sören getroffen?", fragte er sofort.

„Jetzt lass mich erstmal ankommen." Malin ließ sich auf einen
Stuhl fallen und streckte die Beine aus.

„Willst du auch ein Bier?"

Sie nickte. Daniel stand auf, ging in die Küche und kam kurz
darauf mit einer Flasche zurück.

„Danke." Nach einem kräftigen Schluck erzählte Malin von
ihrem Aufeinandertreffen mit Antje, von dem, was sie von ihr
erfahren hatte und vom Unbekannten im schwarzen Auto.

„Meinst du nicht, die Sache ist eine Nummer zu groß für dich? Vielleicht ist es besser, die Polizei einzuschalten."

„Das kommt nicht in Frage. Die haben Berits Tod als Unfall eingestuft. Ich will den Fall mit deiner Hilfe aufklären. Wir sprechen gleich die nächsten Schritte durch. Ich mache mir nur schnell ein Brot. Ich habe seit heute Morgen nichts mehr gegessen. Bin gleich wieder da."

„Hunger auf 'ne Pizza? Ich lade dich ein." Er zog die Speisekarte ihres Lieblingsitalieners aus einem Stapel Papiere hervor und wedelte damit vor ihrem Gesicht herum.

„Lass mich raten: Du hattest kein Brot mehr, hast dich wieder mal großzügig an meinem bedient und jetzt ist nichts mehr da."

Er grinste. Sie nahm ihm den Zettel aus der Hand und überlegte, worauf sie Hunger hatte. Wenn er ohne zu fragen von ihren Vorräten genommen hatte, sollte er dafür bluten. Mit einer Pizza würde sie sich nicht abspeisen lassen.

„Ich habe mich entschieden. Ich nehm als Vorspeise Tomaten mit Mozzarella, danach Calamari mit Salat und zum Schluss noch einen Tiramisu." Dann warf sie die Karte vor ihn auf den Tisch und wartete auf seine Reaktion.

Daniel verzog keine Miene. Er lächelte, griff zum Handy und bestellte ohne mit der Wimper zu zucken das Essen. Für sich nur eine Pizza Salami.

„Was hast du als nächstes vor?"

„Berit und Sören besaßen neue Handys. Du wirst mir davon Bewegungsprofile der letzten zwei Jahre erstellen." Sie zog den Zettel mit den Nummern aus der Tasche und reichte ihn Daniel. „Vielleicht sind sie mehrfach an einen bestimmten Ort gefahren, der uns irgendwie weiterbringt. Oder sie haben

Leute angerufen, die ich überprüfen kann. Ich muss irgendwas finden, wo ich mit meiner Suche ansetzen kann."

Er nickte, nahm seinen Laptop zur Hand und begann mit der Recherche, während Malin ihren Blick über die Pferdewiesen gleiten ließ. Die vier Haflinger des Nachbarn Hein grasten friedlich in der Abendsonne. Ihre beigefarbenen Mähnen und Schweife und das hellbraune Fell glänzten. Sie liebte diesen Anblick genauso wie den auf das Meer von der grünen Holzbank vor dem Haus. Deshalb wollte sie auf keinen Fall hier ausziehen. Doch irgendwann müssten sie gemeinsam eine Entscheidung treffen, spätestens, wenn einer von ihnen eine neue Beziehung hätte …

Eine halbe Stunde später brachte der Lieferdienst das Essen. Daniel kehrte mit einem Turm aus Styroporverpackungen zurück auf die Terrasse. Sie verdeckten fast sein Gesicht.

„Lass es dir schmecken", sagte er, als er sich wieder gesetzt hatte.

Malin suchte aus ihren vier Behältnissen die Vorspeise heraus und baute die restlichen in zweiter Reihe nebeneinander auf.

„Danke, das werde ich. Es schmeckt ja bekanntlich am besten, wenn man eingeladen ist. Dir auch einen guten Appetit."

„Danke."

„Wir könnten übrigens als neue Regel einführen, dass derjenige, der dem anderen die Vorräte wegisst, diesen zum Essen einlädt. Ich würde dann sehr günstig leben und immer ein tolles Abendessen haben."

„Ich werde mich bessern."

„Versprich lieber nichts, was du sowieso nicht halten kannst."

„Glaub mir: Bevor du mich mit deiner Menüauswahl finanziell ruinierst, werde ich mich ändern."

„Tja, lerne durch Schmerz. Das ist eine ziemlich hilfreiche erzieherische Maßnahme. Wie weit bist du eigentlich mit den Bewegungsprofilen?"

„Das dauert noch. Bekommst du morgen früh."

„Ich bin eh viel zu müde, um noch lange Listen durchzuarbeiten. Es ist schon acht. Nach dem Essen trinke ich noch mein Bier aus und dann gehe ich ins Bett. Es war ein anstrengender Tag."

Plötzlich klingelte ihr Smartphone. Malin zog es aus der Hosentasche und schaute auf das Display. Es war Ben.

„Entschuldige mich kurz." Sie stand auf und ging ins Wohnzimmer.

„Hallo", meldete sie sich.

„Hallo Malin. Wie geht es dir?"

„Gut. Danke. Und dir?"

„Auch gut. Ich mache mir nur ständig Gedanken, dass Sören noch leben könnte und dringend Hilfe braucht. Vielleicht sollten wir ihn suchen."

„Ich bin schon dran."

„Wirklich? Super. Hast du denn schon eine Spur?"

„Leider nicht."

„Das ist nicht gut. Je mehr Zeit verstreicht, umso unwahrscheinlicher wird es, ihn zu finden."

„Ja. Ich weiß."

„Wenn ich dir helfen kann, sag Bescheid. Ich hab ein paar Kontakte, also einflussreiche Freunde in verschiedenen Bereichen, die sicher Hinweisen nachgehen und etwas rausfinden können. Einer ist zum Beispiel Rechtsanwalt, ein anderer Banker."

„Das hört sich gut an. Vielleicht komme ich wirklich auf dich zurück." Im Augenblick wollte sie ihm nicht erzählen, wo die beiden gelebt hatten und dass Sören vor Berit verschwunden war. Erst musste sie es den Jacobsens beibringen.

„Dann melde dich einfach."

„Alles klar. Bis dann."

Malin beendete das Gespräch und ging wieder hinaus. Als sie sich setzte, sah Daniel sie fragend an.

„Das war Ben, ein alter Schulkamerad. Er sorgt sich um Sören und hat bei der Suche seine Hilfe angeboten. Er meinte, er hätte gute Kontakte", sagte sie, obwohl sie ihm keine Rechenschaft schuldig war. Er tat ihr leid, weil er sich immer noch Hoffnungen machte.

„Es ist besser, wenn nicht zu viele Leute in die Suche eingeweiht sind. Wenn einer nicht dicht hält, kriegen wir mächtig Ärger."

„Ich vertraue ihm. Er würde uns nicht bei der Polizei verpfeifen."

„Das hoffe ich. Und jetzt lass uns nicht mehr von der Geschichte reden. Morgen ist ein neuer Tag."

Malin widmete sich ihren restlichen Calamari. „Jetzt bin ich aber satt", stöhnte sie schließlich, ließ Messer und Gabel fallen und lehnte sich zurück.

„Dann esse ich noch deinen Tiramisu", sagte Daniel und griff nach der letzten gefüllten Box.

Sie haute ihm auf die Finger und nahm den Nachtisch weg.

„Vergiss es, den verwahre ich mir für morgen. Und jetzt gehe ich ins Bett. Gute Nacht."

Kapitel 9

Sören trat kräftig in die Pedale. Es war dunkel, als er mit dem Fahrrad von Overheidebruck nach Walenbruch fuhr. Warum hatte er Berit nicht von Andreas aus angerufen? Sie machte sich mit Sicherheit Sorgen, weil er um diese Uhrzeit nicht zu Hause war. Und sein Handy hatte er im Ferienhaus liegen lassen.

Kurz vor dem Ortsausgang bemerkte er die Lichtkegel eines Autos, die rechts und links von ihm die Fahrbahn erhellten. Er drehte sich um und blickte in zwei Scheinwerfer, die in der Dunkelheit wie Flutlichter aussahen. Sören fuhr dicht am weißen Strich, damit das Fahrzeug vorbeifahren konnte.

Als er das Ortsausgangsschild hinter sich gelassen hatte, wunderte er sich, dass ihn das Auto nicht überholt hatte. Zuerst hatte er vermutet, der Fahrer wollte in eine Einfahrt abbiegen und es hätte sich für ihn nicht gelohnt. Doch damit lag er falsch. Die letzte Hauseinfahrt hatten sie passiert. Sören drehte sich wieder um. Der PKW folgte ihm in größerem Abstand. Da es seit dem Ortsausgang weder Straßenlampen noch Häuser gab, bereute er, dass er nicht im Ort angehalten und gewartet hatte, bis das Auto vorbeigefahren war. Oder zumindest getestet hatte, ob ihn der Wagen verfolgte, indem er in eine Nebenstraße abgebogen war. Diese Einsicht kam zu spät. Er war allein in der Dunkelheit.

Plötzlich waren die Lichtkegel des PKW wieder größer und heller. Sören trampelte schneller und musste sich

konzentrieren, die Spur neben dem weißen Streifen zu halten.
Seine Fahrradleuchte spendete nur spärliches Licht. Rechts
und links schossen die Schatten der Bäume vorbei. Er keuchte.
Seine Beine wurden schwerer. Bald schmerzte jeder Tritt in
die Pedale, jede Umdrehung wurde zur Qual. Er war sich si-
cher, dass ein Einhalten sein Todesurteil bedeutete. Die Ver-
gangenheit holte ihn ein. Das, was Berit und er wussten und
was sie getan hatten, würde sie beide das Leben kosten.
Ihm war klar, dass er das Tempo auf Dauer nicht durchhalten
würde. Der Pkw hätte ihn einholen können, der Fahrer spielte
mit ihm. Wie lange würde er dieses Spiel aushalten?
Die Lichtkegel wurden erneut schwächer. Sören hatte sieben
Kilometer vor sich. Bis dahin lag kein einziges Haus an der
Strecke und die Straße war um diese Uhrzeit wenig frequen-
tiert. Es gab keine Möglichkeit, um Hilfe zu bitten. Seine Beine
schmerzten, sein Brustkorb ebenfalls. Er konnte kaum noch
Atmen, das Blut rauschte in seinen Ohren. Bald würde ihn die
Kraft verlassen. Das wollte der Fahrer. Ihn quälen und ihm
zeigen, dass er nicht die geringste Chance hatte zu entkom-
men.
Sören näherte sich einer Kreuzung. Rechts führte der Weg ins
Landesinnere. An der Strecke lagen weit und breit keine
Wohnhäuser. Die schmale Straße links endete in einem klei-
nen Hafen hinterm Deich. Dort war um diese Uhrzeit niemand
mehr. Er verfluchte seine Unvorsichtigkeit. Warum war er so
lange bei Andreas geblieben? Sein Leben lief wie ein Film vor
seinem geistigen Auge ab: die Jugend auf dem Hof der Eltern,
die Schulzeit, seine Ehe und die letzten Jahre mit Berit. Das
alles sollte vorbei sein? Er bereute, was sie getan hatten. Es
war eine Kurzschlussreaktion gewesen. Plötzlich kam ihm

eine Idee. In einem Kilometer führte ein schmaler, für Autos nicht befahrbarer Weg zu einem Gehöft. Auf dem Hof lebte ein junges Paar mit Kindern, das die umliegenden Felder bewirtschaftete. Ihn musste er erreichen. Dort konnte er sich verstecken und die Polizei rufen. Die Aussicht auf Rettung gab ihm neue Energie. Er blendete den Schmerz in den Beinen aus und trampelte wieder schneller.

Kurz vor der Abzweigung verringerte er die Geschwindigkeit. Der Lichtschein der Scheinwerfer wurde heller. Ahnte der Fahrer, was er vorhatte? Mit Sicherheit hatte er die Gegend genauestens ausgekundschaftet.

Sören holte nach links aus und bog mit hohem Tempo rechts ab. Dabei wurde er aus der Kurve herausgetragen. Mit Mühe gelang es ihm, am Stacheldrahtzaun vorbeizukommen. Die Metallstacheln rissen seinen Arm auf. Egal. Er trampelte weiter, allerdings langsamer, denn auf dem Weg wechselten sich Wurzeln und Steine ab. Er drehte sich um. Hinter ihm war es dunkel. Trotzdem fuhr er so schnell es ihm möglich war. Zwei Kilometer waren verdammt lang. Erst wenn er den Hof erreichte, war er in Sicherheit.

Es war ein Höllenritt. Er wurde kräftig durchgeschüttelt, seine Oberschenkel brannten, denn im schwachen Schein seiner Fahrradlampe erkannte er die Unebenheiten zu spät. Er musste die Geschwindigkeit weiter drosseln. Der Schweiß rann ihm übers Gesicht. Auf Dauer würde er nicht durchhalten. Er schaute sich erneut um. Hinter ihm war es stockfinster. Nach einigen Minuten sah er vor sich Lichter zwischen den Bäumen aufblitzen. Bald hatte er es geschafft. Sie kamen näher und näher und der schmale Weg mündete in einen großen Hofplatz. Kein Fahrzeug stand auf dem Hof, sein Verfolger war zu spät. Oder kannte er den Hof vielleicht nicht? Sören steuerte direkt auf das Haupthaus zu. Dort brannte hinter zwei Fenstern Licht. Vor der Tür bremste er, schmiss das Rad zur Seite und klingelte. Zusätzlich schlug er mit den Fäusten gegen die Haustür.

„Hilfe! Ich brauche Hilfe! Ich werde verfolgt! Machen Sie auf! Schnell!", schrie er.

Die Tür öffnete sich einen Spalt und eine blasse Frau um die Dreißig schaute hindurch.

„Bitte lassen Sie mich rein und rufen Sie die Polizei. Ich werde verfolgt. Ich muss mich verstecken."

Sein Gegenüber zog die Tür auf und Sören machte einen Schritt in den Flur. Dann erstarrte er, als er in den Lauf einer Pistole sah.

Kapitel 10

Die Sonnenstrahlen schienen Malin direkt ins Gesicht und hinterließen eine wohlige Wärme auf der Haut. Es war kurz nach sieben. Sie stand auf, trat ans Fenster und öffnete es. Der Wind wehte den Geruch der Nordsee herüber. Sie atmete tief durch und genoss minutenlang den Ausblick auf die See, deren Oberfläche im Sonnenlicht wie ein Meer aus Diamanten glitzerte. Die ersten Kutter – mit zahlreichen Möwen im Gefolge – fuhren hinaus, in der Hoffnung auf einen ergiebigen Fang. Am Horizont erkannte sie die Silhouetten mehrerer Containerschiffe, die wie schwimmende Hochhäuser aussahen. Am Strand waren Spaziergänger unterwegs und jemand ritt auf einem schwarzen Pferd durchs Wasser. Wie würde sie dieses Panorama vermissen, wenn sie aus dem Haus ausziehen müsste …

Dann riss sie sich von dem Anblick los, um zu duschen. Als sie anschließend hinunter in die Küche ging, strömte ihr der Duft von frisch aufgebrühtem Kaffee entgegen. Daniel hatte bereits den Frühstückstisch gedeckt: Es gab Brötchen, Croissants, Rührei und Speck.

„Was ist denn hier los? Das wollte ich doch übernehmen, so lange du mir hilfst."

„Guten Morgen. Ich war schon eine Runde laufen und habe auf dem Rückweg beim Bäcker angehalten. Da habe ich gedacht, dann mache ich auch direkt Frühstück."

„Sollte ich es tatsächlich noch schaffen, einen brauchbaren Menschen aus dir zu machen?"

„Setz dich." Er lächelte, nahm einen Stapel Papiere von der Fensterbank und reichte sie ihr. „Das sind die Auswertungen von Berits und Sörens neuen Handys. Ich habe ein bisschen rumgespielt und verschiedene Aufstellungen gemacht: wo die beiden nur einmal gewesen sind, wo sie monatlich hingefahren sind und wo sie sich längere Zeit aufgehalten haben. So kommst du schneller zu den interessanten Infos."

Als er sich zu ihr herüberbeugte, stieg ihr der Duft des After Shaves, das sie ihm zum letzten Geburtstag geschenkt hatte, in die Nase. Sie musste sich zusammenreißen. „Danke dir."

Malin nahm die Unterlagen und setzte sich an den Tisch. Sie bestrich ein Croissant mit Honig und biss hinein. So könnte jeder Morgen anfangen. Daniel ließ sich ihr gegenüber auf einen Stuhl nieder. Er sah unverschämt gut aus in seinem weißen, eng anliegendem Hemd und der dunkelblauen Designerjeans. So hatte sie ihn lange nicht mehr gesehen. Meist pflegte er den Nerd-Look mit abgetragener Jeans und T-Shirt.

„Sag mal, warum trägst du ein weißes Hemd?"

„Ich habe um zwei Uhr einen Termin mit einem potentiellen Auftraggeber in Hamburg."

„Hast du denn überhaupt noch Kapazitäten? Du arbeitest doch jetzt meistens schon bis in die Nacht."

„Ein Auftrag endet diesen Monat. Außerdem ist es noch nicht sicher, dass ich den Zuschlag überhaupt bekomme. Es gibt wohl mehrere Bewerber. Aber der Auftrag ist interessant. Dafür würde ich gern mehr arbeiten. Außerdem würde er finanziell einiges bringen."

„Also, wenn ich das entscheiden müsste, ich würde dich sofort einstellen!", sagte sie und musterte ihn demonstrativ von oben bis unten.

„Flirtest du etwa mit mir?"

„Wenn du keine Zusage kriegst, hättest du demnächst mehr Zeit, dich im Haushalt und bei den Außenarbeiten einzubringen."

„Schau dir doch mal die Listen an."

Malin lächelte. Auf dem Ohr war er taub.

„OK. Die beiden haben sich meistens in dem Ferienhaus in Walenbruch aufgehalten. Antje, also ihre Nachbarin, hat mir auch schon gesagt, dass sie sehr zurückgezogen gelebt haben. Das hilft uns jetzt nicht weiter."

„Sieh dir diese Seiten mal an. Das sind die interessantesten. Die Auswertung ist jeweils vom ersten eines Monats." Daniel zog zwei Blätter aus den Papieren heraus.

„Sie sind immer früh morgens an den gleichen Ort gefahren."

„Genau. Und ihr Ziel liegt mitten im Wald. Das habe ich schon überprüft."

„Sie werden kaum spazieren gegangen sein, ausgerechnet jeden Monatsersten und den Rest des Monats haben sie sich kaum aus dem Haus bewegt. Und danach sind sie direkt nach Hamburg gefahren. Dort allerdings an verschiedene Orte. Was hat das zu bedeuten?" Malin runzelte die Stirn. „Die beiden haben ihren Eltern monatlich Geld geschickt. Angeblich wurde das jeweils bei einer anderen Bank in bar eingezahlt. Das würde die Fahrten nach Hamburg erklären."

Daniel nickte. „Aber warum sind sie vorher in den Wald gefahren? Und dort zwanzig bis dreißig Minuten geblieben?"

„Vielleicht hatten sie kein Bankkonto, weil sie es nicht mit ihrer richtigen Identität eröffnen wollten. Das Geld, was sie verdient haben, haben sie deshalb in einer Hütte im Wald versteckt."

„Das klingt aber sehr abenteuerlich."

„Sie wollten eben keine Spuren hinterlassen. Und bei einem eventuellen Einbruch in ihr Haus wäre somit kein Bargeld zu finden gewesen."

Er schüttelte den Kopf. „Da steckt etwas anderes dahinter. Denk an den Zettel, den du auf der Terrasse gefunden hast." Er sah auf die Uhr. „Du, ich muss los. Wir sprechen später weiter. Ach so, Berits Handy ist seit ihrem Todestag morgens ausgeschaltet, Sörens bereits seit dem Abend vorher. Ich halte im Auge, ob sie sich wieder im Netz einloggen."

„Ich fahre nochmal nach Walenbruch und schaue mich mit Antje an dem Ort im Wald um. Vielleicht finden wir dort etwas, was uns weiterbringt. Vorher will ich noch zu den Jacobsens. Sie sollen wissen, was ich bisher rausgefunden habe."

„Sei vorsichtig. Möglicherweise verfolgt dich der Mann mit der dunklen Limousine. Er hat dich gestern vor Berits und Sörens Haus gesehen und wir sollten davon ausgehen, dass er mit der Sache etwas zu tun hat."

„Machst du dir etwa Sorgen um mich?"

Er stand auf, nahm sein dunkelblaues Jackett von der Stuhllehne und zog es über. „Ich denke nur an mich. Sonst müsste ich die ganze Hausarbeit selber machen."

„Das ist natürlich ein Argument. Aber ich bin keine Anfängerin. Ich pass schon auf."

Dann verließ Daniel das Haus. Malin sah ihm nach, wie er in seinen Sportwagen stieg und davonfuhr.

Die Aufgabe, Ella und Jan Jacobsen über das zu informieren, was sie bisher herausgefunden hatte, verursachte Malin Bauchschmerzen. Sie wusste, was sich die beiden von ihr erhofften und sie hätte ihnen lieber bessere Nachrichten überbracht.

Wie erwartet, sorgten sich die Eltern, dass Sören ebenfalls tot sein könnte. Die Privatermittlerin versuchte, klar zu machen, dass Hoffnung bestand, ihn lebend zu finden. Beruhigen konnte sie die beiden nicht.

Von den Jacobsens fuhr sie direkt nach Walenbruch. Aus dem Auto rief sie Antje an, um sie zu bitten, sie zu der Stelle im Wald zu begleiten. Die Nachbarin sagte sofort zu, und als Malin eine Stunde später bei ihr eintraf, pflanzte sie Blumen im Vorgarten.

„Hallo Antje."

„Hallo Malin. Ich hätte nicht damit gerechnet, dich so schnell wiederzusehen."

„Ich auch nicht. Ich bin froh, dass du mitkommst. Du kennst dich in der Gegend aus."

„Das ist doch selbstverständlich. Ich wasch mir nur eben die Hände und ziehe etwas anderes an. Möchtest du in der Zwischenzeit einen Tee? In der Küche steht eine volle Thermoskanne mit Kräutertee."

„Nein, danke. Ich setz mich so lange hier auf die Bank und genieß den Ausblick." Sie deutete auf die blaue Holzbank am Rande des Grundstücks. Von dort bot sich ihr ein toller Blick auf den See und das Ferienhaus. Eine schwarz-weiße Katze schlich durch das hohe Gras. Malin schloss die Augen und genoss die wärmenden Sonnenstrahlen auf ihrem Gesicht. Am liebsten würde sie hier sitzen bleiben und relaxen.

„So, ich bin fertig." Antje ließ sich plötzlich neben ihr auf die Bank fallen. „Wohin willst du?"

Malin erklärte ihr, was sie bei der Auswertung der Handys herausgefunden hatten, und zeigte ihr auf einer Karte, an welchen Ort die Geschwister an jedem Monatsersten gefahren sind. „Gibt es dort vielleicht eine Hütte oder etwas Ähnliches?"

Antje schaute sich das Areal an. „Nein. In dem Gebiet gibt es keine Hütten. Da ist gar nichts. Nur Wald. Der ein oder andere Hochsitz vielleicht."

„Lass uns trotzdem hinfahren. Ich möchte mich dort auf jeden Fall umsehen."

„Kein Problem. Ich zeig dir den Weg."

Fünf Minuten später parkte Malin am Anfang eines Feldwegs. Sie stieg aus und sah sich um. Weit und breit gab es Felder und Wiesen mit Kühen und Pferden. Die nächsten Häuser standen hunderte Meter entfernt und waren von ihrer Position aus nicht zu erkennen. Spaziergänger oder Radfahrer waren nicht unterwegs. Ein idealer Ort für Geheimnisse. Doch für welche?

Malin hatte Antje während der Fahrt erklärt, dass sie ein mögliches Geldversteck suchten. Die GPS-Koordinaten waren auf ihrem Handy gespeichert. Damit ging sie voraus. Zwanzig Minuten durchkämmten die beiden schweigend das Gebiet und hielten Ausschau nach Unterständen, vermeintlichen Vogelhäusern, aufgehäuften Ästen oder frisch aufgewühltem Waldboden. Teilweise standen die Bäume so dicht, dass sie sich hindurch zwängen mussten. Doch gerade schwer zugängliche Orte eigneten sich als Versteck.

„Hier ist was!" Malin deutete auf eine rund vier mal vier Meter große Freifläche inmitten einer Tannenschonung auf eine Stelle, die vor kurzem ausgehoben und wieder zugeschüttet worden war. Aus ihrer Jackentasche holte sie Gummihandschuhe, streifte sie über und grub mit bloßen Händen ein Loch. Nach einiger Zeit kam eine zugeknotete, schwarze Plastiktüte zum Vorschein. Malin legte sie frei und zog sie heraus. Dann richtete sie sich auf, öffnete die Tüte und schüttete den Inhalt auf den Waldboden.

„Wow!" Antje starrte mit großen Augen auf die Geldbündel. „Wieviel ist das?"

Die Privatermittlerin hob sie auf und zählte sie durch. „Das sind hunderttausend Euro. Alles in Zweihunderterscheinen."

„Was hat das zu bedeuten? Warum haben die beiden hier so viel Geld versteckt? Warum haben sie es nicht auf ihren Konten eingezahlt?", fragte Antje.

„Mir schwant etwas. Es sollten alle denken, dass sie tot sind, aus welchen Gründen auch immer. Hätten sie es auf ein Konto eingezahlt und jeden Monat abgehoben, hätte man nachvollziehen können, dass sie noch leben."

„Meinst du, sie haben tatsächlich etwas Unrechtes getan? Oder waren sie schon vorher vermögend?"

„Ich hab keine Ahnung, woher das Geld stammen könnte. Beide hatten gute Jobs, aber dass sie so viel Geld auf der hohen Kante hatten, kann ich mir nicht vorstellen. Sören ist geschieden. Er musste Unterhalt für seine Frau leisten und Berit hatte sich vor zehn Jahren eine Eigentumswohnung in Cuxhaven gekauft, die sie abzahlen musste. Ich glaube nicht, dass sie so viel zur Seite legen konnten. Aber dass sie eine Straftat begangen haben, das passt nicht zu ihnen. Berit und

Sören waren anständige Menschen."

„Denk an den Zettel."

„Ja, richtig. Also wurden sie bedroht. Dann gilt es jetzt rauszufinden, woher das Geld stammt und wer die Drohung geschrieben hat", sagte Malin und packte die Scheine zurück in die Tüte.

Hinter ihnen ein Knacken. Die Frauen fuhren herum. Durch die dicht stehenden Tannen konnten sie niemanden erkennen, lediglich einige Äste bewegten sich.

„Da ist jemand", flüsterte Antje.

„Das kann auch irgendein Tier im Unterholz sein." Malin griff nach einem dicken, langen Ast, der ein Stück neben ihr auf dem Boden lag. Dann ein Rascheln. Aus welcher Richtung es kam, war schwer auszumachen. Nichts bewegte sich. Sie drehte sich im Kreis, um herauszufinden, wo die Geräusche ihren Ursprung hatten. Die Bäume wirkten bedrohlich, kamen immer näher auf sie zu. Auf der Lichtung fühlte sie sich wie auf einer Bühne: Der oder die Unbekannte sah sie, sie aber nur undurchdringliches Dickicht.

„Bleib du hier. Ich schau nach, ob da jemand ist", flüsterte Malin.

„Sei vorsichtig."

Schritt für Schritt bewegte sich die Privatermittlerin in die Richtung, aus der sie die Geräusche vermutete. Den Ast wie eine Waffe vor sich haltend, zwängte sie sich durch die Bäume. Tannennadeln verfingen sich in ihren Haaren, piksten auf der Haut.

Als sie durch die dichtesten Tannen hindurch war, plötzlich eine Bewegung rechts von ihr. Sie blieb abrupt stehen und schaute zur Seite. Sie konnte keinen Widersacher erkennen.

Dann stürzte eine dunkle Gestalt hinter einem Baum hervor. Sie schlug Malin mit der Faust ins Gesicht. Diese schrie auf, geriet ins Wanken, versuchte, sich an Ästen festzuhalten. Vergeblich. Sie prallte unsanft auf die linke Hüfte. Der dicke Ast und die Geldtüte fielen zu Boden. Blitzschnell schnappte sich die Person die Plastiktüte und verschwand damit im Dickicht.

„Malin?! Was ist passiert?" Antje kämpfte sich durch die Tannen zu ihr durch.

„Mich hat jemand niedergeschlagen und das Geld gestohlen." Sie griff sich an die rechte Wange, die wie Feuer brannte. Auf ihren Lippen der metallische Geschmack von Blut, das unaufhörlich aus der Nase lief.

„Ich ruf die Polizei." Antje nahm ihr Smartphone. „Verdammt! Kein Netz. Hier hast du ein Taschentuch."

„Wir müssen hinterher. Schnell." Malin drehte sich auf den Bauch, ging auf die Knie und zog sich an den Bäumen rechts und links hoch. Dann stolperte sie in die Richtung, in die die Gestalt verschwunden war. Dabei schwankte sie hin und her. Antje folgte ihr. Nach kurzer Zeit kamen sie aus der Schonung heraus, der Wald wurde übersichtlicher. Die Privatermittlerin blieb stehen. Keuchte. Sie beugte sich vornüber, stützte die Hände auf die Knie und blickte sich um.

„Mist", schimpfte sie. „Wir waren zu langsam."

Neben ihr hielt Antje ein. Sie rang ebenfalls nach Luft.

„Meinst du, es war Sören?"

„Keine Ahnung. Wenn er es war, dann steckt er jedenfalls ganz schön in Schwierigkeiten, sonst hätte er sich mir anvertrauen können. Ich glaube eher, dass es der Unbekannte aus dem dunklen Wagen war, den du vor Sörens Verschwinden gesehen hast. Er stand auch an der Hauptstraße, als ich neulich bei dir war. Und ich wette, der Zettel mit der Drohung war auch von ihm."

„Lass uns zu mir fahren. Da kannst du dich frisch machen. Das hast du bitter nötig."

Malin sah an sich herunter. Die Hose war voller Laub und Dreck.

„Gute Idee", murmelte sie.

Dann gingen sie schweigend zum Auto. Als sie den Wald verließen, sahen sie in der Ferne eine schwarze Limousine davonfahren.

Kapitel 11

Als Daniel von seinem Termin nach Hause kam, machte er sich nicht die Mühe, die Kleidung zu wechseln. Er ging direkt in sein Arbeitszimmer und schaltete den Rechner ein.

Malin hatte ihn von unterwegs angerufen und von ihrer Entdeckung berichtet. Er hatte sich gefragt, was es für einen Grund haben könnte, dass jemand hunderttausend Euro im Wald vergräbt. Nach langer Überlegung hatte er eine Vermutung. Diese war unglaublich, trotzdem wollte er überprüfen, ob der Vorfall damit zu tun haben könnte.

Während der Rechner hochfuhr, betrachtete er das Foto von Malin, das auf seinem Schreibtisch stand. Es zeigte sie im Urlaub beim Wandern in den Marlborough Sounds auf der Südinsel Neuseelands. Vier Wochen waren sie am anderen Ende der Welt gewesen. Sie hatten viel Zeit in der Natur verbracht, waren auf Gletschern gewandert, mit dem Jet Boat durch einen Canyon gefahren und mit dem Kanu im Milford Sound gepaddelt. Nur vom Bungy Jumping hatten sie Abstand genommen. Wie hatte er das mit ihrer Beziehung so vor die Wand fahren können?

Daniel gab das Passwort ein und verband sein Smartphone mit dem Rechner. Dann überspielte er die beiden Fotos, die Malin heimlich in der Rechtsmedizin aufgenommen und ihm geschickt hatte. Er betrachtete das Bild des 500-Euro-Scheins, den Berit am Tag des Unfalls dabei hatte. Von Anfang an hatte er sich gewundert, warum diese einen Geldschein mit einem derart hohen Wert bei sich trug. In Zeiten von EC- und Kreditkarten war es eher unüblich, viel Bargeld bei sich zu haben. Er vergrößerte die Aufnahme, arbeitete an der Qualität und siehe da, er hatte das erreicht, was er sich erhofft hatte. Dann besorgte er sich eine Liste, um etwas zu überprüfen. Es kostete ihn eine Stunde und war nicht legal, weil er sich erneut in ein fremdes Computersystem hacken musste, aber wenn er in dieser Aufstellung den Grund für das Verschwinden von Sören und Berit finden würde ...

Minutenlang durchsuchte er die kopierte Tabelle. Das Ergebnis verschlug ihm die Sprache, denn seine Vermutung bestätigte sich. Wie er das Malin beibringen sollte, wusste er nicht …

Als die Privatermittlerin die Einfahrt zum Haus hinauffuhr, wartete Daniel in der Haustür auf sie. „Gut, dass du da bist. Ich muss dir was zeigen", rief er von weitem.

„Den Vertrag mit deinem neuen Auftraggeber?"

„Nein. Ich habe etwas Unglaubliches über das Verschwinden von Berit und Sören rausgefunden."

„Gib mir zwei Minuten. Ich gehe nur kurz ins Bad."

„Was ist passiert? Deine Oberlippe ist ja aufgeplatzt!"

„Ach, das ist halb so wild. Derjenige, der mir das Geld abgenommen hat, hat mich niedergeschlagen."

„Davon hast du vorhin gar nichts gesagt. Lass mich mal sehen." Er hob mit der linken Hand vorsichtig ihr Kinn. Sie schob seinen Arm zur Seite und ging ins Bad. „Mach kein Drama draus."

„Ich glaube, wir sind an einer ganz großen Sache dran. Ich warte oben in meinem Arbeitszimmer auf dich."

Malin ging die Treppe hinauf ins Badezimmer und schaute in den Spiegel. Sie sah derangiert aus. In ihren schwarzen, langen Haaren hingen ein paar Tannennadeln, getrocknetes Blut klebte über der Oberlippe. In Rekordtempo bürstete sie die Haare und wusch sich das Gesicht. Danach gefiel ihr ihr Spiegelbild besser.

Dann überquerte sie den Flur und betrat Daniels Büro. Er saß vor dem Rechner hinter seinem Schreibtisch und hatte einen Stuhl neben sich gestellt, auf den sie sich setzte.

„Als du mir vorhin am Telefon gesagt hast, dass ihr hunderttausend Euro in unterschiedlicher Stückelung gefunden habt, habe ich nachgedacht. Ich fand von Anfang an merkwürdig, dass Berit mit einem 500-Euro-Schein in der Tasche rumgelaufen ist, wo heutzutage selbst Tankstellen keine großen Geldscheine mehr annehmen."

„Du hast Recht. Auch viele Einzelhändler wollen keine Fünfhunderter mehr."

„Dann fiel mir plötzlich der Überfall auf den Geldtransporter in der Nähe von Cuxhaven ein Jahr vor dem Verschwinden der beiden ein."

„Moment mal. Du willst mir jetzt nicht sagen, die beiden hätten den Überfall begangen?" Malins Handflächen schwitzten.

„Oh nein. Die beiden waren anständige Menschen, die hätten so was niemals getan!"

„Ich weiß, dass ihr drei sehr enge Freunde gewesen seid und dass ihr euch seit dem Kindergarten kanntet, aber Menschen können sich im Laufe des Lebens ändern …"

Malin sprang von ihrem Stuhl auf. Sie verschränkte die Arme vor der Brust und baute sich vor Daniel auf. „Das ist absoluter Schwachsinn. Hör auf, so einen Mist zu erzählen. Das glaub ich nicht. Ich will das auch gar nicht hören."

„Ich würde so etwas nicht sagen, wenn ich nicht bereits intensiv recherchiert hätte und Anhaltspunkte dafür hätte."

Malins Knie gaben nach. „Was?", fragte sie mit zitternder Stimme.

„Setz dich."

Wie eine Marionette plumpste sie zurück auf den Stuhl und sah ihn an. „Was hast du rausgefunden?"

„Wie gesagt, mich ließ der Gedanke an den 500-Euro-Schein nicht los. Bitte frage nicht nach, wie ich dran gekommen bin, aber ich habe hier eine Aufstellung mit den Seriennummern der Scheine, die damals gestohlen wurden. Und die Nummer von dem Fünfhunderter steht hier drauf." Er zeigte Malin die Liste und deutete auf eine gelb markierte Zeile.

Sie glich die Zahlen und Buchstaben mit denen auf dem Foto ab. Dann sackte sie in sich zusammen wie ein Ballon, dem die Luft entwich. „Das kann ich einfach nicht glauben. Sag, dass das nicht wahr ist! Die beiden sind doch keine Mörder!"

„Tut mir leid. Aber im Augenblick sieht alles danach aus."

„Das ist total verrückt. Aber es würde einiges erklären. Ihre Eltern haben seit vielen Jahren massive Geldprobleme. Der Hof wäre fast den Bach runter gegangen. Ich habe mich sowieso schon gewundert, wie sie ihn immer noch halten können. Das funktionierte aber nur, weil Berit und Sören ihnen nach ihrem Verschwinden jeden Monat zweitausend Euro geschickt haben. Berit hat wahrscheinlich gewusst, dass an besagtem Tag Geld geliefert werden sollte. Und sie hat vermutlich auch gewusst, dass es besonders viel ist. Sie hat bei einer der Banken gearbeitet, die der Geldtransporter beliefern sollte. Ihre Zweigstelle sollte allein eine Million Euro bekommen."

„Ein weiteres Indiz ist, dass sie nicht gefunden werden wollten … Es war mit Sicherheit ein riesiges logistisches Problem, die Geldscheine ab den Zweihundertern abwärts im Supermarkt oder im Einzelhandel loszuwerden, damit sie das Rückgeld auf der Bank für die Überweisungen einzahlen konnten. Die Seriennummern der gestohlenen Geldscheine sind ja registriert. Auf der Bank hätten sie das sonst wahrscheinlich bemerkt."

„Das stimmt." Dann durchzuckte es Malin wie ein Blitz. „Na klar! Sie wollten nicht von Raimund Harmsen gefunden werden! Damals stand in der Zeitung, dass der Fahrer angehalten hat und ausgestiegen ist, weil es einen Motorradunfall gab und zwei Personen neben dem Bike auf der Straße lagen. Das hätte er auf keinen Fall tun dürfen ..."

„Er hat es aber getan, weil er die angeblichen Unfallopfer erkannt hat", vollendete Daniel den Satz.

„Genau. In Veendorf kennt jeder jeden. Maskiert haben sich Sören und Berit vermutlich erst, als sie kurz vor dem Fahrzeug im Bereich der Kamera waren."

„Der Beifahrer hat versucht, Widerstand zu leisten und einer der beiden hat ihn daraufhin erschossen. Allerdings stellen sich viele Fragen. Warum haben sie Harmsen leben lassen? Und warum hat er der Polizei nicht gesagt, dass die Geschwister die Täter waren? Sie haben weitergelebt, als wäre nichts geschehen."

„Vermutlich haben sie ihn mit irgendwas unter Druck gesetzt. Oder … aber das ist noch verrückter: Sie haben gemeinsame Sache gemacht und er ist an der Beute beteiligt."

Sie fuhr sich mit den Händen durch die Haare, so dass sie wirr in alle Richtungen abstanden. „Wenn das stimmt, würde das

Veendorf für immer verändern. Ella und Jan müssten ihren Hof verlassen … Was an der ganzen Sache allerdings merkwürdig ist, dass sie erst ein Jahr nach dem Überfall verschwunden sind und den Eltern auch erst ab diesem Zeitpunkt Geld geschickt haben. Dafür muss es einen konkreten Auslöser gegeben haben."

„Vielleicht wollte Harmsen mehr Geld und hat gedroht, sie doch noch zu verpfeifen. Dass sie erst später die zweitausend Euro gezahlt haben, könnte daher rühren, dass sie erst einmal Gras über die Sache wachsen lassen wollten, damit niemand Verdacht schöpft", warf Daniel ein.

„Möglich. Ich kenne Harmsen. Er ist gut mit meinen Eltern befreundet. Dem werde ich mal auf den Zahn fühlen."

„Aber sei vorsichtig. Du weißt nicht, wie er reagiert, wenn er sich in die Ecke gedrängt fühlt. Soll ich mitkommen?"

„Nein, besser nicht. Wenn er über den Überfall redet, dann nur mit jemandem, den er kennt. Ein Fremder würde ihm Angst machen. Er ist sowieso ein armer Kerl. Seine Frau ist ein Jahr vor dem Überfall an Krebs gestorben und die Kinder wohnen in Flensburg und Kiel. Er lebt ganz allein in seinem kleinen Haus."

„Würdest du ihm zutrauen, dass er Berit umgebracht hat? Und Sören vielleicht auch?"

Malin zuckte mit den Achseln. „Ich kann mir nicht vorstellen, dass er einen Mord begangen hat. Noch nicht mal, dass er mit Berit und Sören gemeinsame Sache gemacht hat. Es waren ja noch weitere Personen an dem Überfall beteiligt. Von wie vielen war damals in der Zeitung die Rede?"

„Weiß ich nicht. Muss ich nachlesen", sagte Daniel und gab die Anfrage in eine Suchmaschine im Internet ein. Kurz darauf klickte er sich durch mehrere Berichte. „Hier steht etwas. Es waren fünf Täter."

„Dann müsste es außer Harmsen noch zwei Mittäter geben. Aber wer könnte das sein?", grübelte Malin.

„Was ist mit Berits Eltern? Immerhin brauchten sie Geld."

„Auf keinen Fall. Dabei hätten Jan und Ella nie mitgemacht. Außerdem hätten sie mir dann nicht verraten, dass die beiden ihnen jeden Monat zweitausend Euro geschickt hätten, und mich als Privatermittlerin auf den Fall angesetzt. Es gibt noch verdammt viel zu klären. Auch wer der Fahrer der dunklen Limousine ist und was er für eine Rolle in der Sache spielt. Er könnte auch Mittäter sein. Aber … Meinst du, du kannst irgendwie an die Aufzeichnungen der Kamera aus dem Geldtransporter kommen? Wenn wir auf dem Video sehen, wie die sich bewegen, vielleicht erkennen wir ja irgendwen."

Daniel legte den Kopf schief. „Eventuell. Aber das wird eine Weile dauern. Ich weiß nicht, ob die Aufzeichnungen noch bei der Firma gespeichert sind und wie deren Systeme gesichert sind. Und dann habe ich einen Auftrag, den ich bis morgen fertig haben muss."

„Alles gut. Ich rede jetzt erst mal mit Harmsen."

Kapitel 12

Raimund Harmsens Grundstück sah verwildert aus: Zwischen den Verbundsteinen in der Einfahrt wuchs Unkraut, in den Blumenbeeten Löwenzahn. Zahlreiche Sträucher ragten in den Weg zur Haustür hinein. An verschiedenen Stellen bröckelte Putz von der einst weißen Hauswand ab, die grünen Fensterläden benötigten dringend einen neuen Anstrich. Als seine Frau noch lebte, fand man prächtig in allen Farben blühende Blumen in den Beeten vor.

Malin hatte natürlich den Dorftratsch mitbekommen: „Seit Else gestorben ist, legt er keine Hand mehr ans Haus ...", und „der verbringt seinen Feierabend mit Bier und Schnaps vor dem Fernseher".

Nachdem sein Geldtransporter überfallen worden war, arbeitete er nicht mehr und verließ kaum das Grundstück. Er galt als traumatisiert und war nicht in der Lage, seinen alten Beruf auszuüben. Das konnte die Privatermittlerin nachvollziehen. Die Bilder, wie der eigene Kollege vor seinen Augen erschossen wurde, würde man nie vergessen. Wenn er allerdings Mittäter war, handelte es sich möglicherweise aber auch um eine gute schauspielerische Leistung ...

Malin bahnte sich zwischen den überhängenden Sträuchern einen Weg zur Haustür. Sie drückte auf die Klingel und wartete. Nichts rührte sich im Haus. Sie klingelte erneut. Wieder blieb es still. Dann trat sie vor das Fenster links neben der Tür. Die Scheiben waren so dreckig, dass sie die Küche nur schemenhaft erkannte. Benutztes Geschirr stapelte sich auf der Spüle, der Mülleimer in der Ecke quoll über, Pizzakartons türmten sich daneben auf und leere Schnaps- und Bierflaschen standen auf dem Küchentisch.

Sie klopfte an die Scheibe. „Mach auf Harmsen! Ich weiß, dass du da bist."

Wieder keine Reaktion aus dem Inneren. Kurzentschlossen folgte Malin dem schmalen Schotterweg zur Rückseite des Hauses. Dort saß er auf einer Bank, vor ihm eine Flasche Bier auf dem Tisch. Seine blaue Jeans war übersät von braunen und schwarzen Flecken, sein rot-weiß kariertes Hemd sah eine Nuance dunkler aus, als es ursprünglich war.

Er blickte erst auf, als sie direkt neben ihm stand. „Was willst du?", fragte er schroff.

„Mit dir reden." Sie setzte sich ungefragt zu ihm. Der Geruch von Schweiß und Alkohol stieg ihr in die Nase.

„Ich aber nicht mit dir. Verschwinde."

„Mit deiner schlechten Laune kannst du andere vergraulen. Ich lass mich nicht so einfach davon abschrecken."

„Schlechte Laune? Spinnst du? Du weißt ja wohl, was in den letzten Jahren passiert ist."

„Ja und deswegen bin ich hier."

Er sah sie aus den Augenwinkeln heraus an. „Was willst du?"

„Du hast doch sicher gehört, dass Berit tot am Küstenweg zwischen Düsterstedt und Veendorf aufgefunden wurde."

„Ja. Sie hatte einen Unfall."

„Genau deswegen will ich mit dir reden. Ich glaube nicht an einen Unfall."

Raimund Harmsen strich unaufhörlich mit den Handflächen über die Oberschenkel. „Wieso?"

„Ich glaube, dass Berit ermordet wurde."

„Von wem?"

„Das weiß ich nicht. Sag du's mir."

„Ich?" Er rückte ein Stück von Malin weg. „Was soll das? Wie kommst du darauf, dass ich das weiß?"

„Intuition."

„Hau ab und lass mich mit dem Scheiß in Ruhe! Mein Kollege ist bei dem Überfall erschossen worden. Einfach so. Ich will nicht ständig damit konfrontiert werden."

„Warum bist du damals aus dem Geldtransporter ausgestiegen? Hast du die beiden angeblichen Unfallopfer gekannt?"

Harmsen lief dunkelrot im Gesicht an, sein Brustkorb bewegte sich hektisch auf und nieder. „Hau ab, hab ich gesagt", brüllte er und deutete ihr mit dem Zeigefinger an, das Grundstück zu verlassen.

„Waren es Berit und Sören, die euch überfallen haben? Vielleicht mit ein paar Freunden?"

Er schwieg und starrte stur geradeaus. Seine Gesichtsmuskeln arbeiten.

„Haben sie dich an der Beute beteiligt?"

„Hör sofort auf! Die Täter waren vermummt. Das hab ich auch der Polizei gesagt."

„Warum bist du ausgestiegen, wenn die Personen auf der Straße vermummt waren? Das hättest du nicht gedurft!"

„Ich sag jetzt gar nichts mehr. Verschwinde, bevor ich mich vergesse!"

Malin wartete sekundenlang. Doch er schwieg. Dann stand sie auf, entfernte sich ein paar Schritte, drehte sich wieder um und schaute ihm direkt ins Gesicht. Bei der nächsten Frage wollte sie seine Reaktion sehen. „Vor wem hast du solche Angst?"

Harmsen erstarrte und blickte stur auf den Boden. „Ich weiß nicht, was du meinst. Ich habe vor niemandem Angst."

„Doch, das hast du! Das spüre ich. Ich kann es förmlich riechen."

Er griff nach der Bierflasche und warf sie in Malins Richtung. Diese wich im letzten Moment aus. Das Glas zerbarst hinter ihr an der Hauswand.

„Als Berit starb, hatte sie einen 500-Euro-Schein bei sich. Der stammte aus dem Überfall."

Dann drehte sie sich auf dem Absatz um und ging zu ihrem Geländewagen. Sie hatte ihn genug gequält. Er tat ihr leid. Er hatte viel erlebt und niemanden, dem er sich anvertrauen konnte. Ihr war klar, dass er nicht die Wahrheit sagte. Seine Reaktionen hatten ihr gezeigt, dass er die Täter kannte.

Als sie in ihr Fahrzeug stieg, fuhr zweihundert Meter vor ihr ein schwarzes Auto mit quietschenden Reifen vom Parkstreifen los. Malin ließ ihren SUV an, gab Gas und folgte der Limousine aus Veendorf heraus. Sie musste das Kennzeichen wissen.

Der Fahrer beschleunigte, die Privatermittlerin ebenfalls. Die Bäume rechts und links schossen an ihr vorbei. Ein Blick auf ihren Tacho verriet ihr, dass sie über 100 km/h fuhr. Trotzdem entfernte sich das Fahrzeug vor ihr immer weiter.

„Verdammt!" Sie schlug auf das Lenkrad und verringerte die Geschwindigkeit. Schließlich war sie nicht bei der Polizei.

Kapitel 13

Malin wollte in die Einfahrt zu ihrem Haus einbiegen, als sich aus der anderen Richtung der Hauptstraße ein Jogger näherte. Dieser winkte ihr zu. Daraufhin stoppte sie und wartete, bis er sie erreicht hatte. Dann erkannte sie, dass der Läufer Ben war.

„Hallo Ben! Was machst du denn hier?"

„Hallo Malin. Ich laufe jeden Abend eine Runde und heute hat es mich in diese Gegend verschlagen. Wohnst du etwa in dem schicken Reetdachhaus?"

„Ja."

„Wirklich ein tolles Haus und erst die Lage", sagte er anerkennend und ließ den Blick über die Straße hinüber zum Meer gleiten.

„Magst du mitkommen und etwas trinken? Wir haben eine große Terrasse hinterm Haus. Da ist es jetzt schön schattig."

„Gerne. Ich kann eine Pause gebrauchen."

„Das sieht man dir gar nicht an. Du scheinst gut im Training zu sein."

„Der Schein trügt."

Malin fuhr voraus, parkte ihren SUV neben Daniels Sportwagen und stieg aus.

Ben kam langsam hinterher. „Du hast eben <wir> gesagt. Wohnst du in einer WG?"

Sie verzog das Gesicht. „So ähnlich. Ich wohne hier mit meinem Ex."

Ben pfiff durch die Zähne. „Krass. Warum?"

„Das ist kompliziert. Wir haben das Haus zusammen gekauft und renoviert. Ein dreiviertel Jahr nach dem Einzug haben wir uns getrennt und jetzt will keiner von uns aus diesem Schmuckstück ausziehen. Aber das ist ein anderes Thema. Komm mit hinters Haus." Malin ging voraus auf die Terrasse. Dort saß Daniel vor seinem Laptop. „Ben das ist Daniel, Daniel das ist Ben, ein ehemaliger Schulkamerad."

„Hallo." Ben streckte ihm die Hand entgegen.

„Hallo", entgegnete ihr Ex-Freund, musterte Ben von oben bis unten und ignorierte seine Geste.

„Malin hat mir schon von eurer ungewöhnlichen Wohngemeinschaft erzählt."

„Ach, hat sie das?" Daniel sah sie mit zusammengekniffenen Augen an.

„Setz dich, Ben. Was möchtest du trinken?"

„Wasser, bitte."

Während Ben sich auf einen Stuhl niederließ, ging Malin ins Haus, holte Gläser und zwei Flaschen Mineralwasser aus der Küche und schenkte ein.

„Du auch?" Sie sah Daniel an, der einen missmutigen Zug um den Mund hatte.

Dieser schob ihr wortlos seine leere Kaffeetasse entgegen. Er hatte mittlerweile seinen Laptop zugeklappt und saß mit vor der Brust verschränkten Armen auf seinem Stuhl. „Ihr wart also Klassenkameraden."

„Ja. Aber ich bin mit meinen Eltern nach Kiel gezogen, als ich vierzehn war."

„Und was machst du in Kiel?"

„Ich bin Verkaufsleiter in einer großen Firma. Wir vertreiben Landmaschinen. Ich bin ein Großteil des Jahres in der ganzen

Welt unterwegs: Japan, USA, Neuseeland, Australien. Manchmal auch in Südamerika oder Afrika."

„Das klingt spannend", sagte Malin.

„Ist es auch. Aber es war auch der Grund, warum meine Ehe gescheitert ist. Meine Frau konnte sich nicht damit arrangieren, dass ich an rund zweihundert Tagen im Jahr unterwegs bin. Eines Tages bin ich aus Dubai zurückgekommen, da war sie weg. Woran ist eure Beziehung gescheitert? Oder ist die Frage zu indiskret?"

„Ja, ist sie", entgegnete Daniel.

„Wir sind einfach zu verschieden."

„Wie habt ihr euch denn kennengelernt?"

„Beim Winterurlaub in Finnisch-Lappland. Er war mit einem Freund dort, ich mit meiner Schwester. Wir haben zusammen mit einer Gruppe eine mehrtägige Hundeschlittentour gemacht und in einsamen Hütten in der Wildnis übernachtet", erzählte Malin mit leuchtenden Augen.

Jetzt lächelte Daniel zum ersten Mal. „Ihr seid ständig mit euren Schlitten umgekippt und wir mussten immer auf euch warten."

„Ständig? Höchstens vier oder fünf Mal in der ganzen Zeit. Ich finde, das war ganz in Ordnung für zwei Anfängerinnen."

„Ihr wart am Polarkreis? In eisiger Kälte? Das wär nichts für mich. Ich bevorzuge eher den Süden. Da kann ich mit meiner Yacht rumschippern und tauchen", sagte Ben.

„Du hast eine Yacht? Wow!" Malin staunte.

„Ja. Die liegt normalerweise irgendwo an der Cote D'Azur und dann geht's ab nach Nizza, Cannes, Monaco, manchmal auch bis nach Mallorca." Er machte eine ausholende Geste.

„Toll."

„Ich nehme dich gern mal mit, wenn du magst. Das wird dir bestimmt gefallen."

„Ich weiß nicht. Ich glaube, das ist nichts für mich. Wandern, Mountainbike und Kanu fahren, das liegt mir mehr."

„Warum nicht? Unter den Reichen und Schönen zu sein ist was anderes, als sich in Finnisch-Lappland einen abzufrieren. Allein die exklusiven Geschäfte und Restaurants dort sind fantastisch."

„Wer's braucht", murmelte Daniel und trank einen Schluck Wasser.

Malin trat ihm unter dem Tisch kräftig vors Schienbein und lächelte Ben an.

Dieser überhörte die Spitze. „Dort pulsiert das Leben. Ist euch das auf Dauer hier in der Provinz nicht zu öde?"

„Soweit ich informiert bin, ist Kiel auch nicht gerade eine Weltstadt", sagte Daniel, stützte die Ellenbogen auf den Tisch und sah Ben an. „Aber wenn es dich beruhigt: Wir sind auch schon mal aus der Provinz rausgekommen."

Ben ging nicht darauf ein, sondern wandte sich wieder Malin zu. „Sag mal, erinnerst du dich noch an die Klassenfahrt nach Hamburg? Wo wir der Neumaier Schlaftabletten in den Kaffee gemischt haben und dann abends aus der Jugendherberge geschlichen sind? Das war kurz bevor ich mit meinen Eltern weggezogen bin."

„Natürlich erinnere ich mich. Ihr Jungs seid auf der Reeperbahn gewesen."

„Und wenn der blöde Herbergsvater uns beim Einstieg durchs Fenster nicht erwischt hätte, hätte die Neumaier gar nichts bemerkt. Aber so wurden unsere Eltern verständigt und wir haben mächtig Ärger bekommen. Ich habe die ganzen

Sommerferien über Fernsehverbot gehabt."

„Zu Recht. Ihr wart dreizehn. Dass mit den Schlaftabletten hätte schief gehen können, das war schon kriminell. Ihr könnt froh sein, dass ihr nicht von der Schule geflogen seid. Aber die Geschichte mit dem Thiede war auch nicht schlecht."

„Daran erinnere ich mich nicht mehr."

„Sören hatte zu seinem Geburtstag anstatt Kuchen Ballen mitgebracht und den für den Thiede hat Lars doch mit extra scharfem Senf präpariert."

„Da war ich wahrscheinlich krank. Den Spaß hätte ich bestimmt nicht vergessen."

„Schade. Sein Gesicht hättest du sehen müssen. Es ist knallrot angelaufen."

Eine Stunde plauderten Ben und Malin von der Schulzeit und lachten über manchen Streich. Daniel, in Bremerhaven aufgewachsen, saß derweil stumm daneben und verfolgte das Gespräch mit düsterer Miene.

„Ach. Das waren tolle Zeiten. Aber sie sind lange her." Plötzlich wurde die Privatermittlerin ernst. „Ich habe dir übrigens noch gar nicht erzählt, dass Berit und Sören nach ihrem Verschwinden in Walenbruch gewohnt haben. Ihre Eltern haben als einzige gewusst, dass sie noch leben. Die beiden sind aus unbekannten Gründen abgetaucht."

„Oha. Das ist starker Tobak. Ich meine, ihr anderen habt euch Sorgen gemacht. Gibt es denn mittlerweile eine Spur von Sören?"

„Nein. Er ist wie vom Erdboden verschluckt."

„Ob er seine Schwester umgebracht hat?"

Malin sah Ben erstaunt an. Darüber hatte sie nicht nachgedacht. „Das glaube ich nicht. Die beiden haben sich immer gut verstanden. Ich vermute eher, dass ihm auch was zugestoßen ist. Sie hatten ein Geheimnis, dass ich ans Tageslicht bringen muss. Aber behalte das Ganze bitte für dich."

„Natürlich. Ich werde mit niemandem darüber sprechen."

Ben schob seinen Stuhl zurück und stand auf. „Wie ich bereits gesagt habe, ich helfe dir gern. Ich bin ja noch ein paar Tage hier. Ich komme morgen früh in dein Büro, dann überlegen wir, wie wir vorgehen."

„Das ist nicht nötig. Ich helfe ihr", mischte sich Daniel in das Gespräch ein.

Bens Gesichtsmuskeln arbeiteten. Malin erschrak. Sein Blick war so kalt, dass sie Gänsehaut bekam. Dann zuckte er mit den Schultern und sah den IT-Spezialisten von oben herab an. „Wenn ihr meint. Ich muss jetzt los. Ich bin später noch mit einem alten Kumpel auf ein Bier verabredet und will vorher duschen."

„Ich bringe dich zur Straße." Malin stand ebenfalls auf.

Nebeneinander gingen sie ums Haus herum und die Einfahrt hinunter bis zur Hauptstraße.

„Das Angebot mit dem Urlaub auf meiner Yacht im sonnigen Süden war ernst gemeint", sagte Ben.

„Ich habe es auch ernst gemeint, dass das nichts für mich ist", entgegnete Malin.

„Schade. Wir könnten eine tolle Zeit haben. Wenn du es dir noch anders überlegst …"

„Eher nicht. Mach's gut."

„Du auch."

Malin sah Ben stirnrunzelnd hinterher, wie er nach links in Richtung Veendorf lief. Er war anders als früher. Damals war er dick und ein Bewegungsmuffel, heute schlank und sportlich und sah blendend aus. Er hatte etwas aus seinem Leben gemacht, war erfolgreich im Beruf und vermögend. Wie sie konnte er sich an viele Begebenheiten aus den alten Zeiten erinnern und genauso darüber lachen. Doch irgendwie war er ihr völlig fremd …

Als er aus ihrem Blickfeld verschwunden war, kehrte sie zurück auf die Terrasse, wo Daniel wieder seinen Laptop aufgeklappt hatte.

Er schaute auf. „Was für ein Lackaffe. Ich hoffe, du fällst nicht auf diesen Angeber rein."

„Was ist dein Problem? Er ist ein Mann von Welt. Er kann stolz darauf sein, was er erreicht hat."

„Mein Haus, mein Pool, meine Yacht", knurrte er.

„Vielleicht wäre es ja schön, mit einer Yacht an der Cote D'Azur entlang zu schippern, Champagner zu trinken und Kaviar zu essen. Ich denk mal drüber nach. Gute Nacht und hör auf so grimmig zu schauen. Das gibt Falten auf der Stirn", sagte sie im Vorbeigehen und schmunzelte.

Malin räumte Gläser und Wasserflaschen in die Küche, ging anschließend auf ihr Zimmer und legte sich aufs Bett. Dabei fiel ihr Blick auf das Regal, in dem die Fotobücher der gemeinsamen Reisen mit Daniel standen. Sie holte die Alben heraus und blätterte eines nach dem anderen durch: Motorschlittenfahren in Finnland, Angeln in Norwegen, Fahrradtour durch Island – Aktivurlaube in atemberaubender Natur. Sie hatten die gleichen Interessen, brauchten keine Designerläden, keine Luxusyacht und keine Stars und Sternchen. Sie seufzte. Lag es an ihr, dass ihre Beziehung gescheitert war? War sie zu kritisch?

Kapitel 14

„Ella?"

Keine Antwort.

„Ella? Wo bist du?" Jan Jacobsen durchsuchte das ganze Haus: Wohn- und Esszimmer, Küche, Schlafzimmer. Zum Schluss ging er ins Bad. Auch dort traf er seine Frau nicht an. Dann trat er hinaus auf die Terrasse. „Ella?", rief er erneut.

Stille.

Er sah sich um. Auf dem Gartentisch stand ein mit Erde befüllter Blumentopf, daneben eine rote Dahlie in einem Plastiktopf. Vergissmeinnicht und Nelken befanden sich in Trays auf den Stühlen. Ein geöffneter Sack Rosenerde lag auf dem Boden neben dem Blumenbeet, darauf ihre Gartenhandschuhe, eine Harke und ein Handfeger. Von Ella weit und breit keine Spur.

Arbeitete sie im hinteren Teil des Grundstücks, verdeckt durch einen Strauch? Oder war sie zu einer Nachbarin hinübergegangen und klönte?

Er ging über den kurz geschnittenen Rasen zum Gartenhaus am Ende des Areals. Dabei blickte er links und rechts zwischen Stauden und großgewachsene Rhododendren und auf die Gemüsebeete neben dem rot gestrichenen Holzhaus mit der Veranda. Auch dort war sie nicht zu sehen. Zum Schluss schaute er auf die Nachbargrundstücke. Doch er sah weder einen der Nachbarn, noch seine Ella. Er kratzte sich am Hinterkopf. Wo könnte er sie jetzt suchen?

Er ging zurück zum Haus, um sie auf ihrem Handy anzurufen, denn das trug sie stets bei sich. Als er die Terrasse betrat, fiel sein Blick auf einen Briefumschlag, der auf der Sitzfläche im blau-weiß gestreiften Strandkorb neben Ellas Smartphone lag. Beides hatte er vorhin nicht bemerkt. Er öffnete den Umschlag und nahm das innenliegende Schreiben heraus.

Von einer Sekunde auf die andere zitterten seine Knie. Er fasste sich mit der rechten Hand ans Herz und ließ sich in den Korb gleiten. Sein Atem stockte, er war wie gelähmt. Was sollte er tun?

Minutenlang verharrte er in sich zusammengesackt, starrte auf das Blatt. Als er wieder klar denken konnte, zog er sein Smartphone aus der Hosentasche und wählte Malins Nummer.

„Du musst sofort kommen. Es ist etwas Furchtbares passiert", sagte er tonlos, als sie sich meldete. Dann verließ ihn die Kraft, sein Arm mit dem Handy sackte herunter.

„Was ist denn?"

Keine Antwort.

„Jan! Was ist mit dir? Warum sagst du nichts mehr?"

„Das war Jan Jacobsen. Er hat gesagt, ich soll sofort kommen, es sei etwas Furchtbares passiert", erklärte Malin Daniel, steckte Portemonnaie und Handy in die Hosentasche und nahm ihren Autoschlüssel vom Schlüsselbrett.

„Nichts weiter?"

„Nein. Das war alles. Er klang irgendwie verstört. Und dann hat er sich nicht mehr gemeldet. Das macht mir Angst."

„Glaubst du, dass Sören aufgetaucht ist?"

„Das wäre nichts Furchtbares. Ich fahre jetzt direkt zu den Jacobsens."

Wenige Minuten später traf Malin auf dem Hof ein. Sie preschte mit hoher Geschwindigkeit die Auffahrt hinauf. Als sie bremste, quietschten die Reifen und der Schotter spritzte zur Seite weg. Sie sprang aus dem Auto und sah im Vorbeigehen, dass sie tiefe Furchen auf der geschotterten Fläche hinterlassen hatte.

Die Familie betrieb in der vierten Generation Ackerbau. An ihrem Hof hatte der Zahn der Zeit genagt. Obwohl die Geschwister ihren Eltern seit drei Jahren jeden Monat zweitausend Euro überwiesen, reichte das scheinbar nur, um die Kredite zu bedienen und nicht für Instandhaltungsarbeiten. Der Verfall war an allen Ecken und Enden zu sehen: Am Wohnhaus blätterte der Putz von den Wänden und das Reetdach benötigte dringend eine Erneuerung. Das Tor der Remise, in der sich die Traktoren und weitere Maschinen befanden, war zerbeult und verrostet. Im Innenhof reihte sich ein Schlagloch ans andere. Malin seufzte. Die Bauern in und um Veendorf hatten seit Jahren einen schweren Stand. Ein Großbauer kaufte immer mehr Flächen von den kleinen Landwirten auf und hatte sich ein Imperium geschaffen. Das ermöglichte ihm, seine Produkte zu günstigen Preisen anzubieten. Die alt eingesessenen Bauern konnten es sich nach ihren Kalkulationen nicht leisten, die Preise zu senken, mussten es aber, um ihre Ernten loszuwerden. Die Höfe warfen immer weniger Gewinn ab und größere Reparaturen oder Neuanschaffungen wurden für sie unerschwinglich.

Ihre Eltern betrieben ebenfalls Ackerbau und hatten ähnliche Probleme, hielten sich jedoch von ihrem Ersparten über Wasser. Irgendwann würden die beiden den Hof verkaufen, denn sie würde ihn nicht übernehmen. Sie liebte ihren Job als Privatermittlerin, in dem sie erfolgreich war und genug für einen gehobenen Lebensstandard verdiente.

Malin lief die Treppe zum Wohnhaus hinauf und klingelte an der Haustür. Niemand öffnete. Auch beim zweiten Klingen nicht. Da sie aus keinem der Nebengebäude ein Geräusch hörte, ging sie kurzerhand um das Haus herum. Auf der Terrasse saß Jan in seinem Strandkorb. Er war kreidebleich im Gesicht, sein Blick starr geradeaus gerichtet. Seine Hände ruhten auf den Oberschenkeln, hielten ein Blatt Papier.

„Jan? Was ist passiert?", fragte sie erschrocken.

Keine Reaktion.

„Jan, was wolltest du mir sagen? Warum hast du mich angerufen? Geht es dir nicht gut?"

Langsam reichte er ihr das Schreiben. Malin nahm es entgegen und setzte sich neben ihn in den Strandkorb. Dann las sie laut die Zeilen, die in handgeschriebenen Druckbuchstaben auf dem Zettel standen.

< Eine Million Euro für das Leben deiner Frau. Übergabezeitpunkt und Ort erfährst du später. Keine Polizei, sonst siehst du sie nicht lebend wieder. >

Malin spürte, wie Übelkeit in ihr hochstieg. Sie schluckte.

„Wie kommt jemand darauf, eine Million Euro von dir zu verlangen? Ihr seid doch nicht reich!"

„Ich weiß es nicht."

„Hast du in den letzten Tagen etwas Verdächtiges bemerkt? Eine fremde Person vor dem Haus oder ein fremdes Auto?"

Er schüttelte den Kopf.

„Habt ihr Feinde? Streit in der Nachbarschaft?"

Wieder winkte er ab.

„Schuldet ihr jemandem Geld? Habt ihr euch von unseriösen Kredithaien Geld geliehen?"

„Wir haben nur einen Kredit von unserer Hausbank."

„Hast du schon die Polizei verständigt?"

„Nein! Das werde ich auch nicht. Da steht doch: Keine Polizei. Ich werde auf keinen Fall ein Risiko eingehen. Ich will, dass du dich drum kümmerst!"

„Das ist zu gefährlich. Das sind Kriminelle. Wir haben weder die Mittel für eine Lösegeldübergabe, noch die Leute, die eingreifen können."

„Keine Polizei", wiederholt Jan. Seine energische Stimme sagte ihr, dass er es ernst meinte. „Du bist die Einzige, der ich vertraue. Du gehörst praktisch zur Familie."

Malin seufzte. Bevor er eine Dummheit beging und versuchte, eine vorgetäuschte Geldübergabe allein durchzuziehen, würde sie ihm helfen.

„Wo soll ich nur so viel Geld hernehmen? Wir haben doch nichts!"

„Wir müssen Zeit gewinnen. Wenn dich der Entführer kontaktiert, sagst du ihm, dass es dauert, bis du so viel Geld aufgetrieben hast."

„Aber ich kann noch nicht mal einen Bruchteil aufbringen."

„Das darfst du dem Entführer auf keinen Fall sagen. Nachdem er dich angerufen hat, meldest du dich sofort bei mir. Daniel wird dann versuchen, den Anrufer zu ermitteln."

„Das kann er? Er ist doch nicht bei der Polizei."

„Ja, er kann das." Das ist aber nicht legal, fügte sie in Gedanken hinzu. „Wir müssen den Entführer finden, bevor es zu einer Geldübergabe kommt."

„Meinst du, das funktioniert?"

„Es ist unsere einzige Chance." Mulmig war ihr bei der ganzen Sache schon. Das Risiko, dass etwas schief ging, war enorm. Doch Jan war ein sturer Hund. Er würde niemals die Polizei einschalten. Und wenn sie es tun würde, würde er sie sein Leben lang dafür hassen.

„Hier hast du mein altes Smartphone. Sobald dein Telefon klingelt und es ist keine Nummer von Freunden oder Verwandten, rufst du mich damit an und stellst dein Telefon auf laut. Meine Nummer ist einprogrammiert. Dann höre ich mit. Okay?"

„Ja! Mir ist noch was eingefallen. Ich habe in den letzten Tagen mehrmals einen dunklen Wagen mit Hamburger Kennzeichen in der Straße gesehen."

„Was hat er gemacht?"

„Er ist langsam auf und ab gefahren. Einmal hat er auf der anderen Straßenseite gestanden. Als ich um die Hausecke kam, fuhr er weg."

„Hast du noch etwas vom Kennzeichen erkannt? Weißt du die Automarke?"

Er schüttelte den Kopf. „Meine Augen sind nicht mehr die besten."

„Kannst du den Fahrer beschreiben?"

„Nein."

„An welchen Tagen und zu welchen Uhrzeiten war das?"

„Das letzte Mal war es gestern. So gegen 16.00 Uhr. Um diese Uhrzeit trinken Ella und ich immer einen Kaffee in der Küche und ich war gerade auf dem Weg von der Remise zum Wohnhaus."

„Okay. Am besten trägst du ab sofort ein Fernglas bei dir. Wenn das Fahrzeug nochmal in der Straße parkt, kannst du das Nummernschild ablesen und wir darüber den Halter rauskriegen. Und wie gesagt, wenn sich der Entführer meldet, rufst du mich sofort an. Dann können wir die Nummer prüfen und zurückverfolgen und ob sie sich gestern um 16.00 Uhr hier in der Funkzelle befunden hat."

Der alte Mann sah sie an. „Was ihr alles könnt. Ich bin sicher, ihr schafft das."

„Das werden wir. Wir finden Ella und Sören."

„Daniel?", rief Malin, als sie das Haus betrat.

„In der Küche!", antwortete er.

Sie stürzte durch die erste Tür im Flur und ließ sich ihm gegenüber auf einen Stuhl am Esstisch fallen.

„Was ist passiert? Du bist ganz blass um die Nase."

„Ella Jacobsen wurde entführt!"

„Was? Haben sich die Entführer schon gemeldet? Gibt es ein Erpresserschreiben?"

„Die Entführer wollen eine Million Euro. Zum Ort und Zeitpunkt der Übergabe haben sie noch nichts Konkretes gesagt."

„Wow. Aber die Jacobsens haben doch gar kein Geld. Wo soll er denn diese Summe auftreiben?"

„Genau das wundert mich. Normalerweise recherchieren Täter, ob Geld vorhanden ist, bevor sie jemanden entführen. Aber jeder weiß, dass es den Bauern in der Gegend finanziell nicht gut geht. Eine Million! Das ist utopisch!"

„Darum wird sich ja dann die Kripo kümmern. Die haben Erfahrung mit sowas und wissen, was zu tun ist."

„In dem Schreiben der Entführer steht: Keine Polizei. Und die will Jan auch auf keinen Fall einschalten."

„Ist der verrückt? Wie will er das denn sonst regeln?" Daniel sah sie fragend an. „Jetzt sag nicht, ihr wollt zusammen eine fingierte Geldübergabe durchziehen!"

Malin schwieg und schaute auf ihre Schuhe.

„Sag mal spinnst du? Das ist lebensgefährlich! Das sind Verbrecher! Du musst auch mal akzeptieren, wenn ein Fall deine Möglichkeiten übersteigt und die Sache den Profis überlassen."

„Ich weiß, dass es gefährlich ist. Aber er will partout keine Polizei. Er hat Angst, dass die Kriminellen Ella umbringen. Ich hab ihm mein altes Smartphone dagelassen. Er soll mich anrufen, wenn der Entführer in der Leitung ist. Dann kann ich mithören und das Gespräch aufnehmen. Vielleicht ist es jemand von hier und ich erkenne seine Stimme. Und falls ein Stimmverzerrer genutzt wurde, kannst du sie entzerren. Außerdem können wir über die Telefonnummer den Anrufer ermitteln."

„Wenn das Profis sind, haben wir eh schlechte Karten. Dann nehmen die ein Prepaid-Handy und ich habe keine Chance. Glaub mir, jetzt ist der Zeitpunkt gekommen, die Polizei einzuschalten. Ich will nicht, dass du dich in Gefahr begibst."

„Deshalb müssen wir Ella finden, bevor es zu einer Geldübergabe kommt. Ich habe überlegt, ob ich Ben einweihe. Er hat seine Unterstützung angeboten."

„Warum das denn? Du weißt doch, dass du dich auf mich verlassen kannst. Auch, wenn ich eure Entscheidung falsch finde, ich stehe hinter dir. Gib mir Ellas Handynummer, dann versuche ich es zu orten."

„Brauchst du nicht. Es liegt Zuhause. Und natürlich brauche

ich deine Hilfe für die technischen Sachen. Aber mit Ben wären wir zu dritt. Das wäre für eine eventuelle Geldübergabe ideal."

„Trotzdem. Er war fast dreißig Jahre weg. Der hat nichts mehr mit den Leuten hier zu tun. Wir kümmern uns."

„Bist du etwa eifersüchtig?"

„So ein Quatsch."

„Dann ist ja alles gut."

Kapitel 15

Berit schaute auf ihr Smartphone und ging vor dem Küchenfenster auf und ab. Es war weit nach Mitternacht. Wo blieb Sören? Auf seinem Handy erreichte sie ihn seit Stunden nicht. Um diese Uhrzeit hatte er längst zu Hause sein wollen. War er mit dem Fahrrad verunglückt? Lag er hilflos im Straßengraben? Oder hatten <sie> ihn entdeckt?

Der Gedanke daran schnürte ihr die Kehle zu. Übelkeit stieg in ihr hoch. Sie kaute an den Fingernägeln, lief wie ein Tiger im Käfig hin und her. Wieder und wieder versuchte sie, Sören zu erreichen. Vergeblich. Hätte sie bloß jemanden, dem sie sich anvertrauen konnte. Ihre Eltern durfte sie damit nicht belasten und ihre Nachbarin Antje, die in den letzten drei Jahren zu einer Freundin geworden war, kannte ihre Vergangenheit nicht.

Nach einer Weile setzte sich Berit im Wohnzimmer in einen Sessel. Sie schaltete das Licht aus und wartete. Draußen war es stockfinster und totenstill. Jedes Knacken im Gebälk, jeder Tierlaut ließ sie zusammenfahren. Wieso rief er nicht an?

Irgendwann in den frühen Morgenstunden übermannte sie die Müdigkeit. Ihr Kopf sackte auf die Brust. Erst als ihr die Sonnenstrahlen ins Gesicht fielen, wachte sie wieder auf. Erschrocken sah sie sich um und wusste im ersten Moment nicht, warum sie im Sessel geschlafen hatte. Dann erinnerte sie sich. „Sören? Bist du da?", rief sie laut.

Keine Reaktion. Sie sprang auf, lief die Treppe ins

Obergeschoss hinauf und stürzte, ohne zu klopfen, ins Zimmer ihres Bruders.

Sein Bett war unberührt. Was sollte sie tun? Sie konnte sich nicht bei der Polizei melden und eine Vermisstenanzeige aufgeben. Die würden zu viele Fragen stellen. Fragen, die sie nicht wahrheitsgemäß beantworten durfte, weil sie sie in Bedrängnis bringen würden. Berit sah auf die Uhr. Es war fünf. Egal. Sie rief Sörens Freund Andreas an, bei dem ihr Bruder gestern Abend zu Besuch war. Dieser hatte Frühdienst und war mit Sicherheit wach.

„Tut mir leid, dass ich dich so früh störe, aber es ist dringend", entschuldigte sie sich, als Andreas sich mit verschlafener Stimme meldete.

„Kein Problem. Ist was mit Sören?", fragte er und klang plötzlich hellwach.

„Er ist nicht nach Hause gekommen. Wann ist er bei dir losgefahren?"

„Das war gegen zehn. Hast du ihn auf seinem Handy angerufen?"

„Natürlich, aber er geht nicht ran."

„Mist. Ich erinnere mich. Er hat es Zuhause liegen lassen. Hoffentlich hatte er keinen Unfall! Pass auf. Ich habe noch Zeit, bevor ich zur Arbeit muss. Ich fahre die Strecke mit dem Auto ab. Vielleicht ist er mit dem Rad gestürzt und liegt irgendwo im Straßengraben. Ich melde mich später bei dir."

„Danke dir." Berit beendete das Gespräch, ging in die Küche und kochte sich einen Kaffee. Wenn Andreas ihn nicht finden würde, konnte sie nichts tun. Außer abwarten.

Sie lief hinter dem Fenster zur Straßenseite auf und ab, rückte die Blumentöpfe auf der Fensterbank hin und her und putzte

die Scheiben. Falls <sie> ihn gefunden hatten, war sie eben-
falls in Lebensgefahr. Und ihre Eltern. Verdammt, was hatten
sie damals getan!

Berits Handy hatte erst ein Mal geklingelt, da nahm sie das
Gespräch schon entgegen. „Ist er bei dir?"

„Nein. Ich bin noch zwei alternative Strecken abgefahren. Es
gibt keine Spur von ihm. Du musst die Polizei verständigen."

„Ich warte noch ab. Die unternehmen bei Erwachsenen so-
wieso nicht sofort etwas. Danke dir fürs Suchen."

„Sag mir Bescheid, wenn du etwas von ihm hörst."

„Das mache ich."

In diesem Moment begannen die Sechs-Uhr-Nachrichten in
ihrem regionalen Radiosender: zuerst die Neuigkeiten aus der
Welt, dann die aus der Region. Berit fuhr der Schreck durch
alle Glieder, als der Nachrichtenmoderator von einem in der
Nacht verunglückten Fußgänger berichtete. Dieser war aus
einem Waldstück bei Overheidebruck kommend direkt vor ein
Auto gelaufen und schwer verletzt in ein Krankenhaus einge-
liefert worden. Sie überkam ein Anflug von Schwindel und
griff nach einer Stuhllehne. Der Mann um die vierzig hatte
keine Papiere bei sich gehabt, seine Identität war ungeklärt.

Sie war sich sicher, dass es sich bei dem Verletzten um Sören
handelte. Das Waldgebiet lag allerdings fernab seines norma-
len Heimwegs. Warum war er weit entfernt davon unterwegs
gewesen? Und wieso zu Fuß?

Das konnte nur eines bedeuten: Er war vor <ihnen> geflüch-
tet. Für Berit stand fest, dass sie Hilfe brauchte. Sie musste
schnellstmöglich weg von hier. Sie war in dem Ferienhaus
nicht mehr sicher. Sie nahm die SIM-Karten aus ihren Handys

und zertrat sie mit dem Fuß. Dann packte sie einen Rucksack mit den wichtigsten Dingen, schnappte sich ihr Fahrrad und fuhr Richtung Veendorf. Es gab nur eine Person, die ihr helfen konnte.

Kapitel 16

Jan Jacobsen saß am Küchentisch, stützte die Ellenbogen auf die Tischplatte und legte den Kopf in beide Hände. Vor ihm lag das Schreiben mit der Lösegeldforderung. Er hatte Angst um seine Frau, Angst, dass er sie nie wieder sehen würde. Warum wurde Ella entführt? Wie kam jemand darauf, eine Million von ihm zu verlangen? Ohne die monatliche finanzielle Unterstützung der Kinder in den vergangenen Jahren, hätten sie den Hof längst aufgeben müssen. Da gab es Leute in der Gegend, wo mehr zu holen war. Oder hatte die Entführung mit Berits Tod und Sörens Verschwinden zu tun? Er erinnerte sich an die Worte der Geschwister: „Wir können euch nicht sagen, warum wir untergetaucht sind. Niemand darf erfahren, dass wir noch leben."

Er wusste nicht, was damals passiert war und wer seine Kinder bedrohte. Je länger er nachdachte, desto mehr kam er zu der Überzeugung, dass alles zusammenhing. Er musste dringend mit Malin sprechen. Vor allem darüber, dass niemand in und um Veendorf etwas wissen durfte.

Was hatten seine Kinder getan, dass man seine Familie derart bestrafte? Berit war tot. Ob er Sören lebend wiedersehen würde, war ungewiss. Und wenn er die Million nicht auftrieb, würde er seine Frau verlieren. Malin war seine einzige Chance. Sie kannte seine Familie, sie kannte die Menschen in Veendorf und sie war eine erfolgreiche Privatermittlerin.

Jan zuckte zusammen, als das Telefon klingelte. Er spürte

einen Stich in der Herzgegend, aus seinem Körper schwand jegliche Kraft. Sekundenlang starrte er auf den Apparat, unfähig das Gespräch anzunehmen. Dann schüttelte er sich und nahm das Telefonat mit der unbekannten Nummer entgegen.

„Jacobsen", meldete er sich, nachdem er die Kurzwahltaste auf Malins Smartphone gedrückt hatte.

„Hör genau zu! Du wirfst die Million übermorgen um 05.00 Uhr von der Alten Liebe aus ins Wasser. Und du weißt: Keine Polizei. Hast du das verstanden?"

„Aber ich hab kein Geld! Wo soll ich das hernehmen? Es dauert, bis ich wenigstens einen Teil aufgetrieben habe."

Der Entführer lachte schallend. „Frag deinen Sohn."

„Das kann ich nicht! Mein Sohn ist seit drei Jahren verschwunden!"

„Lüg nicht! Ich weiß, dass er noch lebt. Und ich weiß, dass du es weißt. Also: Übermorgen will ich Geld sehen, sonst stirbt deine Frau."

„Aber …"

„Frag Sören!" Dann ein Klicken in der Leitung.

Was hatte die Lösegeldforderung mit seinem Sohn zu tun?

Jan nahm Malins Smartphone.

„Ich habe alles mitgehört", sagte diese.

„Malin, was hat das zu bedeuten, dass ich Sören nach dem Geld fragen soll? Woher sollte er eine Million haben?"

„Daniel und ich haben eine Vermutung. Ich hab bisher noch nicht mit dir darüber gesprochen, um dich nicht zu beunruhigen. Berit hatte bei ihrem Auffinden einen 500-Euro-Schein bei sich. Wir haben anhand der Seriennummer rausgefunden, dass dieser aus dem Überfall auf den Geldtransporter vor vier Jahren stammt."

Jan Jacobsen schnappte nach Luft. „Willst du etwa damit sagen, dass meine Kinder die Täter sind? Und einen Menschen getötet haben? Niemals! Wie kannst du so etwas denken?"

„Es tut mir leid Jan. Ich wünschte auch, dass es nicht so wäre. Aber im Moment deutet tatsächlich alles darauf hin."

„Nein, Malin. Da bist du auf dem Holzweg."

„Zu den Anhaltspunkten, dass sie den Schein bei sich trug und die beiden untergetaucht sind und euch jeden Monat viel Geld geschickt haben, kommt jetzt noch der Aspekt, dass der Entführer behauptet, Sören hätte so viel Geld. Kannst du rausfinden, was die beiden am Tag des Überfalls gemacht haben? Ob sie Urlaub hatten oder gearbeitet haben? Die Tat war am 8.8.2018 gegen 11.00 Uhr."

Jan Jacobsen schwieg und atmete tief durch. Malin vermutete, er würde auflegen, weil er wütend auf sie war. Sie ärgerte sich, dass sie das nicht vorher hatte prüfen lassen.

„Wir haben einen Karton mit den persönlichen Unterlagen aus ihren aufgelösten Wohnungen. Ich kann nachsehen, ob ihre Terminkalender dabei sind. Bleib einen Moment dran."

Malin hörte Schritte. Dann wurde eine Tür geöffnet. Papier raschelte. Mehrere Minuten vergingen. In der Zwischenzeit bat sie Daniel, herauszufinden, wer bei Jacobsen angerufen hatte.

„Ich habe die Terminkalender. Wie war nochmal das Datum?"

„8.8.2018."

„Da steht bei beiden nichts im Kalender. Ich weiß nicht, ob sie gearbeitet haben oder nicht."

„Dann hilft uns das nicht weiter."

„Ich glaube das alles nicht. Wie soll ich bis übermorgen früh an die Million kommen? Sören meldet sich nicht mehr!"

„Das verstehe ich auch nicht. Er muss Berit doch vermissen. Es sei denn …"

„Du glaubst, er ist auch tot?" Jans Stimme zitterte.

„Es ist nicht auszuschließen. Er wurde schon nicht mehr gesehen, bevor Berit nach Veendorf gekommen ist. Aber ich werde weiter nach ihm suchen."

„Du musst dich beeilen. Wir haben nicht viel Zeit."

„Ich weiß. Wenn dir noch irgendwas einfällt, was die beiden bei euren Telefonaten erwähnt haben und das uns weiterbringen könnte oder dir was Verdächtiges auffällt, dann melde dich."

„Konntest du rausfinden, wer der Anrufer war?", fragte Malin, nachdem sie aufgelegt hatte.

„Nein. Das ist komplizierter als gedacht. Es dauert noch."

Während Daniel recherchierte, schilderte sie, was der Entführer über Sören und das Geld gesagt hatte.

„Ein weiteres Indiz dafür, dass die beiden den Raubüberfall begangen haben."

„Ich weiß. Und es fällt mir immer noch schwer, es zu glauben. Ich spiele mal die Aufnahme von dem Telefongespräch ab." Malin stellte ihr Smartphone auf laut, damit Daniel mithören konnte.

„Also ich kenne die Stimme nicht", sagte er.

„Mir kommt sie auch nach mehrfachem Hören nicht bekannt vor. Der Mann ist auf jeden Fall mittleren Alters, ich schätze mal so um die fünfzig. Seinen Akzent kann ich nicht einordnen, scheint aber hier aus dem Norden zu sein."

„Manchmal vertut man sich mit dem Alter und ältere Leute erscheinen wesentlich jünger. Wenn wir davon ausgehen, dass er ein Taschentuch vor die Sprechmuschel gelegt hätte, könnte es dann dieser Harmsen gewesen sein? Ich meine, von der Art, wie er spricht?"

Malin grübelte und hörte sich die Aufnahme erneut an. „Nein, ausgeschlossen. Harmsen ist eher der wortkarge Typ. Er hätte nicht so viel gesagt."

„Also scheidet er aus. Es sei denn, er hätte einen Helfer."

„Hätte, Wenn und Aber. Das bringt uns alles nicht weiter. Ich muss Sören finden. Solange seine Leiche nicht gefunden wird, besteht immer noch die Chance, dass er lebt. Ich werde als nächstes die Krankenhäuser im Umkreis von Walenbruch abklappern."

„So, ich hab's", sagte Daniel plötzlich. „Mist. Der Anruf kam von einem Prepaid Handy."

Kapitel 17

Ein schrilles Piepen drang tief in das Unterbewusstsein des jungen Mannes vor, ließ ihn nicht mehr zur Ruhe kommen. Mühsam versuchte er, die Augen zu öffnen. Seine Lider waren schwer wie Blei, fielen immer wieder zu.

Sein Kopf brummte, als hätte jemand mit einem Hammer darauf gehauen. Bei der kleinsten Bewegung hatte er das Gefühl, sein Schädel würde zerspringen. Also hielt er sich still. Stattdessen versuchte er erneut, die Augen zu öffnen. Es dauerte eine Weile, bis es ihm gelang. Dann sah er sich in dem fensterlosen Raum um. Die Wände waren weiß und schmucklos. Ein Apparat neben seinem Bett verursachte das schreckliche Piepen. Auf der rechten Seite gab es eine Glasfront. Dahinter lief eine Frau in blauer Schutzkleidung und einer Haube auf dem Kopf hin und her. Er war im Krankenhaus. Warum? Er erinnerte sich nicht.

Plötzlich öffnete sich die Tür. Eine Schwester und ein Arzt traten an sein Krankenbett.

„Ich bin Dr. Heller. Können Sie mich verstehen?", fragte der Mann mittleren Alters im weißen Kittel.

Der Patient nickte. Sprechen konnte er nicht, in seinem Hals steckte ein Beatmungsschlauch.

„Haben Sie Schmerzen?"

Wieder bejahte er und deutete mit der linken Hand auf seinen Kopf. Der Arzt entfernte den Schlauch. Der Patient hustete, konnte aber selbständig atmen.

„Wissen Sie, was mit Ihnen passiert ist?", fragte Dr. Heller.

„Nein."

„Sie hatten einen Unfall. Dabei haben Sie sich eine schwere Kopfverletzung zugezogen. Sie werden noch eine zeitlang bei uns bleiben. Können Sie mir sagen wie Sie heißen? Sie hatten keine Papiere bei sich."

Der Patient zog die Stirn kraus und schaute auf die Bettdecke. Seine Augäpfel wanderten unentwegt hin und her. Nach einer Weile hob er den Kopf und sah den Arzt an. „Ich kann mich nicht erinnern."

Kapitel 18

Fünf Kliniken standen auf Malins Liste. Es waren die, die am nächsten an Sörens Wohnort Walenbruch lagen. Würde sie dort nicht fündig, würde sie den Radius erweitern. Sie hatte einen Corona-Test durchführen lassen, für den Fall, dass sie ihn finden würde und besuchen dürfte.

Als sie auf dem Parkplatz des ersten Krankenhauses stand, grübelte sie. Wie sollte sie am besten vorgehen, um nicht auf abweisendes Klinikpersonal zu stoßen? Oder Gefahr zu laufen, dass man sie für eine Verbrecherin hielt, die etwas ausspionieren wollte? Schließlich hatte sie sich für eine Strategie entschieden, stieg aus dem Wagen und folgte dem Weg zum Haupteingang. Da gerade die offizielle Besuchszeit begonnen hatte, strömten zahlreiche Besucher entlang der Blumenbeete mit den rot und gelb blühenden Blumen in die gleiche Richtung.

„Guten Tag", grüßte sie die grauhaarige Dame mittleren Alters an der Information. „Ich möchte Sören Jacobsen besuchen. Können Sie mir bitte sagen, auf welchem Zimmer er liegt?"

Die Mitarbeiterin gab den Namen in ihren Computer ein und blickte dann wieder auf. „Tut mir leid, der liegt nicht bei uns."

„Ach, Entschuldigung. Ich habe total vergessen, dass er nach der Hochzeit den Nachnamen seiner Frau angenommen hat. Er heißt jetzt Behrens."

Die Dame sah sie über ihre Brille hinweg an, dann recherchierte sie erneut. „Den gibt es hier auch nicht. Sind Sie sicher, dass Sie in der richtigen Klinik sind?"

„Hm, vielleicht habe ich in der ganzen Aufregung etwas verwechselt. Er hatte einen Unfall und wir wissen nicht genau, wie es ihm geht. Seine Frau, also meine beste Freundin, ist auf Dienstreise in den USA und hat mich gebeten, nach ihm zu schauen. Vielleicht hat sie sich auch mit dem Krankenhaus vertan. Ich höre nochmal bei ihren Eltern nach. Vielleicht können die mir mehr sagen. Trotzdem vielen Dank für Ihre Bemühungen." Malin stellte sich ein paar Meter neben dem Informationsschalter in eine Ecke, holte ihr Smartphone aus der Jackentasche und tat, als ob sie eine Nachricht schrieb. Eine Minute später ließ sie ihr Handy piepen.

„Falsche Klinik", sagte sie zur Empfangsdame und zuckte die Schultern.

In den beiden Krankenhäusern, die weiter von Sörens Wohnort entfernt lagen, erging es ihr genauso.

Bei dem vierten, als sie wieder nach dem gleichen Schema vorging, sah sie die Empfangsmitarbeiterin aufmerksam an. „Warten Sie bitte einen Moment."

Die junge Frau stand auf und ging in das hinter dem Empfangsbereich liegende Büro. Dort telefonierte sie mit leiser Stimme. Kurz darauf kam sie zurück. „Wenn Sie bitte im Wartebereich einen Augenblick Platz nehmen würden. Dr. Heller möchte mit Ihnen sprechen."

Malin zog die Augenbrauen hoch. „Warum das?"

„Dazu kann ich Ihnen leider nichts sagen. Aber Dr. Heller wird Ihnen alles erklären."

„Okay, danke."

Die Privatermittlerin ließ sich auf einem Stuhl nieder und beobachtete das Treiben im Eingangsbereich. Besucher fragten nach Freunden und Verwandten, Patienten mit Zugängen auf den Händen schoben Ständer mit Infusionen neben sich her und gingen durch den Haupteingang hinaus. Dort setzten sie sich auf die Bänke vor der Klinik in die Sonne. Ärzte mit wehenden weißen Kitteln eilten vorbei.

Malins Handflächen waren schweißnass. Lag ihr Schulfreund hier? Aber warum schickte die Dame am Empfang erst einen Arzt zu ihr und nannte ihr nicht die Zimmernummer? Oder war er so schwer verletzt, dass er im Koma lag? Sie schüttelte den Kopf. Das wäre unlogisch. Wenn er als Sören Jacobsen eingeliefert worden wäre, hätte die Polizei seine Eltern informiert. Es gab also einen anderen Grund, warum sie mit dem Doktor sprechen sollte.

Kurze Zeit später trat ein Mann mittleren Alters an den Empfangstresen und wechselte ein paar Worte mit der jungen Frau. Diese deutete in Malins Richtung. Der großgewachsene Dunkelhaarige kam mit schnellen Schritten auf sie zu.

„Guten Tag, ich bin Oberarzt Dr. Heller. Darf ich fragen wer Sie sind?"

Die Privatermittlerin stand auf. „Guten Tag. Mein Name ist Larssen."

„Sie wollten einen Sören Jacobsen oder Sören Behrens besuchen."

„Ja, das ist richtig."

„Und Sie wissen nicht genau, in welcher Klinik er liegt."

„Um ehrlich zu sein, frage ich auf gut Glück, ob er im Krankenhaus liegt", gestand Malin und erklärte ihm, dass Sören drei Jahren zuvor mit seiner Schwester verschwunden und

112

diese vor kurzem bei einem Unfall gestorben sei. Sie, eine Freundin aus Kindertagen, hatte Angst, dass ihm ebenfalls etwas zugestoßen sein könnte.

„Verstehe. Ich wollte Sie sprechen und habe Ihnen diese Fragen gestellt, weil wir einen Patienten haben, von dem wir nicht wissen, wie er heißt. Er hatte keine Papiere bei sich. Er wurde vor zehn Tagen mitten in der Nacht von einem Auto angefahren. Er ist aus einem Waldgebiet hinausgestürzt und direkt vor ein Auto gelaufen. Dabei ist er mit dem Kopf gegen die Windschutzscheibe geprallt und hat schwere Kopfverletzungen davongetragen. Haben Sie vielleicht ein Foto Ihres Freundes dabei?"

Malin suchte in ihrem Smartphone nach einem Bild und zeigte es dem Arzt. „Das ist drei Jahre alt. Es ist das letzte, was ich von ihm gemacht habe."

Dr. Heller nahm ihr das Handy aus der Hand, um einen genauen Blick darauf zu werfen. Dann runzelte er die Stirn. „Das könnte unser Patient sein. Ja, ich bin mir sogar sicher. Die Haare sind kürzer, die Farbe ist anders, aber wenn ich mir Nasen- und Mundpartie anschaue, ist er es."

„Kann ich zu ihm?"

„Ja. Aber es kann sein, dass er Sie nicht erkennt. Er hat nach seinem Hirntrauma eine retrograde, das heißt eine rückwirkende Amnesie erlitten. Er kann sich nicht mehr an Ereignisse vor der Amnesie erinnern."

„Wie lange hält so etwas an?"

„Das ist schwer zu sagen. Manchmal verschwindet der Gedächtnisverlust nach Minuten, manchmal erst nach Wochen oder Monaten. Es gibt auch Fälle, wo die Patienten dauerhaft Gedächtnislücken haben."

„Wo ist der Unfall passiert?"

„Zwischen Overheidebruck und Walenbruch. An dieser Stelle führt eine schmale Straße zu einem abgelegenen Hof. Dort lebt eine Familie mit Kindern. Niemand weiß, was er mitten in der Nacht dort gemacht hat. Und das zu Fuß."

„Vielleicht hat er die Leute besucht. Hat man sie befragt?"

„Ja. Aber er war nicht dort. Sie kennen ihn gar nicht."

„Seltsam." Wenn es sich bei dem Patienten um Sören handelte, war er hundertprozentig vor irgendjemandem auf der Flucht gewesen. Da war sie sich sicher. Sie würde den Hofbewohnern einen Besuch abstatten.

Sie folgte dem Arzt zum Aufzug, mit dem sie auf die 9. Station fuhren. Dort stiegen sie aus und gingen den Flur nach rechts durch eine Glastür, einen langen Gang entlang und durch eine weitere Tür. Beim ersten Zimmer auf der linken Seite hielt Dr. Heller an und trat hinein. In dem kleinen Raum mit Sitzecke und Fernseher stand ein Bett. Darin lag ein Mann mit verbundenem Kopf und schlief. Die Privatermittlerin blieb neben dem Krankenbett stehen und betrachtete ihn eingehend. Er war blass, seine Wangen eingefallen. „Das ist Sören Jacobsen. Ich bin mir hundertprozentig sicher", sagte sie.

Plötzlich schlug der Mann die Augen auf und sah Malin an.

„Sören, erkennst du mich?"

Er schüttelte kaum merklich den Kopf.

„Ich bin's, Malin. Deine ehemalige Schulkameradin und Berits beste Freundin."

„Wer ist Berit?"

„Deine jüngere Schwester. Wir haben immer viel zusammen unternommen. Weißt du das nicht mehr?"

Er legte eine Hand an die Stirn. „Mein Schädel tut weh. Ich kann mich nicht erinnern …"

Malin zog ihr Smartphone aus der Tasche. „Schau, das sind Bilder vom letzten Klassentreffen."

Sören nahm ein Schaltgerät vom Nachttisch und drückte einen Knopf. Daraufhin fuhr das Kopfteil des Bettes langsam nach oben. Er beugte sich vor, ergriff das Handy und sah sich nacheinander sämtliche Fotos an. Malin wartete gespannt auf seine Reaktion. Wann sagte er endlich etwas?

„Ich kann mich nicht erinnern", wiederholte er erschöpft und ließ sich zurück ins Kissen fallen. „Wenn ich doch nur wüsste, wo ich hingehöre. Und warum mein Kopf so weh tut."

Plötzlich durchbrach das Piepen eines Gerätes die Stille.

„Lassen Sie es gut sein, Frau Larssen. Er ist noch sehr schwach und braucht Ruhe." Dr. Heller deutete mit einer Handbewegung an, das Zimmer zu verlassen.

„Mach's gut, Sören. Ich komme wieder."

Auf dem Flur zog der Arzt Stift und Notizblock aus der Kitteltasche. „Ich muss jetzt die Polizei informieren. Er heißt also Sören Jacobsen und wie war seine alte Adresse?"

„Hauptstraße 31, Veendorf. Vielen Dank, dass Sie sich Zeit genommen haben, Dr. Heller."

Dann nahm sie ihr Handy und informierte Jan und Daniel darüber, dass sie Sören gefunden hatte und den nächsten Schritt.

Kapitel 19

Der Dreck auf den Teppichen im Wohnzimmer und im Flur fiel Malin sofort auf. Daniel war mit seinen Gartenschuhen quer durchs Haus gelaufen.

„Daniel! Du musst hier unten nochmal saugen. Es sieht schlimm aus", rief sie im Treppenhaus.

„Das hab ich gestern gemacht, wie es im Plan stand."

Das war typisch. Malin atmete tief durch. „Es ist aber dreckig und der Staubsauger funktioniert auch an Tagen außerhalb des Plans!", schimpfte sie und holte den Sauger aus der Abstellkammer. Während sie die Teppiche reinigte, klingelte es. Sie hielt inne und ging zur Haustür.

„Ich mach schon auf", rief sie im Flur und öffnete.

„Überraschung!!! Hallo Schwesterchen!" Frida strahlte, nahm Malin in den Arm und küsste sie auf die Wange.

„Du? Hier in Veendorf? Das ist wirklich eine Überraschung. Komm rein." Die Privatermittlerin trat zur Seite und ließ ihre Schwester in den Flur: Braun gebrannt, wie immer übertrieben geschminkt, die langen, blonden Haare zu einem Zopf geflochten.

„Sieh an, der Nerd hat sich mal von seinem Computer losgerissen und verlässt das Haus. Wem kommt denn diese Ehre zuteil?", spottete Frida, als Daniel in schwarzer Jeans und anthrazitfarbenem Jackett mit einer Laptoptasche unter dem Arm die Treppe herunterkam.

„Da ist ja unser Zugvogel. Vielen Dank für die reizende Begrüßung. Wie lange bist du denn dieses Mal zuhause? Eine Stunde oder zwei oder sogar einen ganzen Tag?"

„Es muss ja nicht jeder so ein Stubenhocker wie du sein."

„Nachdem ihr euch so nett begrüßt habt, können wir ja ins Wohnzimmer gehen. Magst du einen Tee?"

„Ja, gerne. Einen grünen Tee, ohne Zucker und nicht mit kochendem Wasser aufgegossen", entgegnete Frida und stolzierte auf ihren High Heels voraus.

„Wie schade. Ich habe leider keine Zeit, euch Gesellschaft zu leisten. Ich habe einen Termin", sagte Daniel und verschwand durch die Haustür. Malin schmunzelte. Während ihrer Beziehung hatte er immer nach einer Ausrede gesucht, um zu verschwinden, wenn ihre Schwester zu Besuch kam. Sie war ihm zu anstrengend und wegen ihrer unverblümten Art waren sie so manches Mal aneinandergeraten.

Einige Minuten später trug Malin ein Tablett mit Tassen und einer Kanne grünen Tee ins Wohnzimmer, stellte es auf den Tisch und setzte sich in einen Sessel. Frida hatte es sich bereits auf dem Sofa bequem gemacht und tippte auf ihrem Smartphone.

„Wo kommst du gerade her?", fragte die Privatermittlerin.

„New York. Davor war ich in Dubai und Auckland."

„Bist du deinen Job als Stewardess immer noch nicht leid?"

„Nein. Mir fehlen noch ein paar Länder. Da will ich unbedingt noch hin. Wie geht es Mama und Papa? Sie schreiben mir immer, dass alles in Ordnung ist und ich mir keine Sorgen machen soll."

„Der Hof läuft mehr schlecht als recht, aber sie kommen irgendwie über die Runden. Ansonsten geht es ihnen gut."

„Ich bin ein paar Tage hier, dann werde ich mal bei den beiden vorbeischauen. Und wie läuft es in eurer Wohngemeinschaft?"

„Wie immer."

„Mit anderen Worten: Du kümmerst dich nach wie vor um Haus und Garten und er ist das fachliche Genie, das in einer anderen Welt lebt."

Malin zuckte die Schultern.

„Wie lange soll das noch so weitergehen?"

„Weiß ich nicht."

„Was ist, wenn du jemanden kennenlernst? Der ist doch direkt wieder weg, wenn du mit deinem Ex unter einem Dach lebst."

„Ich weiß, aber es ist nun mal nicht so einfach … Sag mal, hast du schon gehört, dass Berit tot ist?"

„Oh, shit. Das tut mir leid. Was ist passiert?"

Malin schilderte ihr die Ereignisse der letzten Zeit.

„Wann sagtest du, ist das passiert ist? Vor zehn Tagen?"

„Ja, genau."

Frida runzelte die Stirn. „Da war ich hier und bin am Abend von Düsterstedt nach Veendorf gelaufen. Da bin ich einer Frau begegnet. Ich erinnere mich noch an sie, weil sie so abgehetzt aussah und ich gedacht habe, dass sie mir bekannt vorkommt. Aber ich wusste nicht woher. Sie hatte schwarze, kurze Haare."

„So sah Berit jetzt aus. Ist dir noch etwas aufgefallen? War da noch jemand?"

„Ja. Kurz darauf ist mir ein Mann begegnet, mit Hund. Vielleicht Mitte vierzig, blonde Haare. Den kannte ich aber nicht."

„Hast du irgendwo am Straßenrand ein Auto gesehen?"

„Da stand eine schwarze Limousine. Das Kennzeichen habe ich aber nicht sehen können."

Nachdem Frida gegangen war, klingelte Malins Handy. Es war Jan Jacobsen.

„Hallo Jan", begrüßte sie ihn.

„Der Entführer hat noch einmal angerufen. Es gibt einen neuen Übergabeort. Den will er mir aber erst kurz vor der Geldübergabe nennen. Ich habe ihm gesagt, dass ich mindestens vierundzwanzig Stunden mehr brauche, weil ich Sören noch nicht fragen konnte. Er ist drauf eingegangen."

Kapitel 20

Henrik Larssens Gesicht lief dunkelrot an. Sein Unterkiefer bebte. Nach seiner Rückkehr von einem mehrtägigen Verwandtenbesuch mit seiner Frau hatte ihm ein Nachbar gerade erzählt, dass Berit Jacobsen Tage zuvor tot aufgefunden worden war. Seiner Schilderung zufolge sprach alles für einen Unfall. Je mehr er darüber nachdachte, desto weniger glaubte er an ein Unglück.

Um nicht unhöflich zu erscheinen, verfolgte er mit einem Ohr noch ein paar Minuten die Erzählungen seines Nachbarn, dann verabschiedete er sich unter dem Vorwand, etwas erledigen zu müssen.

Der Nachbar kehrte in sein Haus zurück, Henrik Larssen auf seinen Hof. Damit seine Frau ihn nicht hörte, versteckte er sich in der Lagerhalle.

Von dort aus führte er ein Telefonat.

„Was willst du?", fragte der Mann am anderen Ende der Leitung barsch.

„Hast du sie umgebracht?"

„Was kümmert dich das?"

„Du Mistkerl! Warum hast du das getan?"

„Ich hab sie nicht umgebracht! Und jetzt lass mich in Ruh und ruf nicht mehr an."

„Erst will ich die Wahrheit von dir hören!"

„Kümmer dich um deinen Scheiß und misch dich nicht in Dinge, die dich nichts angehen. Oder muss ich meine Drohung wahrmachen?"

„Das wagst du nicht. Ich lass mich von dir nicht mehr einschüchtern. Ich geh zur Polizei. Ich nehm dir nicht ab, dass du nichts mit Berits Tod zu tun hast."

„Als Berit gestorben ist, war ich mit meinen Jungs in der Kneipe. Kannst die anderen fragen. Wenn du zur Polizei gehst und irgendein dummes Zeug quatschst, bist du tot."

Kapitel 21

Kurz vor der Stelle, an der Sören vor ein Auto gelaufen war, setzte Malin den Blinker und bog nach rechts in die Zufahrt zum Hof ab. Vor ihr erstreckte sich ein mehrere hundert Meter langer Weg, dessen Teerdecke schon bessere Zeiten gesehen hatte: Der Asphalt wies zahlreiche Risse und notdürftig mit Splitt gefüllte Schlaglöcher auf. Sie fuhr Slalom um die Löcher herum.

Die Straße führte mitten durch ein Wäldchen. An einer der beiden Seiten hatte Sören es durchquert und war beim Verlassen direkt auf die Hauptstraße gelaufen. Seit die Privatermittlerin davon erfahren hatte, fragte sie sich nach dem Warum. Wer oder was hatte ihn in Panik versetzt? Obwohl die Polizei mit den Hofbesitzern gesprochen hatte, hatte Malin das Bedürfnis, mit ihnen zu reden, und hoffte, einen hilfreichen Hinweis zu erhalten.

Am Ende der Geraden machte der Weg einen Knick und gab danach den Blick auf einen Hofplatz frei. Dieser war ebenfalls von Schlaglöchern übersät. Auf der rechten Seite stand ein graues Wohnhaus, geradeaus eine alte Scheune, die als Unterstand für Traktoren, Hänger und sonstige Geräte genutzt wurde, links ein rechteckiges, frisch gestrichenes, weißes Gebäude. Das schien das Lager zu sein. An dessen Ende befand sich ein Hofladen. Vermutlich betrieb die Familie Ackerbau und verkaufte dort die geernteten Produkte.

Malin stellte ihr Auto im Innenhof vor dem Wohngebäude ab, stieg aus und ging zur Haustür. Dabei sah sie durch die bodentiefen Fenster drei Kinder im Kindergartenalter auf der Terrasse hinter dem Haus im Sandkasten spielen. Daneben lagen zwei eingezäunte Wiesen. Auf der einen grasten bunt gefleckte Ziegen, auf der anderen pickten braune und schwarze Hühner auf dem Boden. Was sollte Sören an diesem idyllischen Ort passiert sein?

Familie Brinkhauser stand auf dem Türschild. Malin drückte auf die Klingel. Drinnen bellte ein Hund. Kurz darauf öffnete eine blonde, schlanke Frau um die dreißig.

„Ja bitte?" Ihre Stimme klang gestresst. Ihr Gesicht war blass. Die dunklen Ringe unter den Augen zeugten von Schlafmangel.

„Guten Tag. Mein Name ist Malin Larssen. Ein guter Freund von mir, Sören Jacobsen, ist letzte Woche auf Höhe Ihrer Hofeinfahrt vor ein Auto gelaufen und schwer verletzt worden. Ich würde darüber gerne kurz mit Ihnen sprechen, weil ich ein paar Fragen habe."

Die Frau sah sie skeptisch an. „Wir haben davon nichts mitbekommen. Das haben wir der Polizei auch schon gesagt."

„Bitte. Ich kenne ihn von klein auf. Er liegt schwer verletzt in der Klinik und seine Schwester ist vor ein paar Tagen gestorben."

„Das tut mir leid. Aber ich kann Ihnen nicht helfen."

„Wissen Sie, ich frage mich, was er mitten in der Nacht hier wollte. Und vor allem, warum er aus dem Wald gestürzt ist, ohne auf den Verkehr zu achten. Er muss in Panik vor jemandem geflohen sein. Haben Sie am späten Abend irgendwelche Geräusche gehört? Ist vielleicht eine fremde Person auf dem

Hof rumgeschlichen?"

„Nein. Hier war niemand."

Malins Blick fiel auf den grün gestrichenen Türrahmen. Auf Brusthöhe war ein Loch zu erkennen. Es war neu, denn das Holz wies frische Bruchspuren auf.

„Was ist hier los?" Hinter der Frau tauchte ein großgewachsener, kräftiger Mann auf. Er mochte Mitte dreißig sein. Seine schwarzen, halblangen Haare hingen wirr auf die Schulter. Unter seinem linken Auge die verblassten Spuren eines Veilchens.

Malin wiederholte ihr Anliegen und hoffte, er würde nicht so abweisend reagieren. Vergeblich.

„Verschwinden Sie. Wir haben der Polizei alles gesagt."

„Nicht so laut. Die Kinder …", mahnte seine Frau.

„Woher haben Sie das Veilchen? Wurde mein Schulfreund verfolgt und Sie wollten ihm helfen? Und woher stammt das Loch im Türrahmen?" Der Privatermittlerin war klar, dass sie sich auf dünnem Eis bewegte.

„Sie haben drei Minuten. Wenn Sie dann nicht verschwunden sind, ruf ich die Polizei." Um seinen Worten Nachdruck zu verleihen, trat er an seiner Frau vorbei und baute sich vor ihr auf. Seine Augen funkelten. Seine Schultern waren breit wie ein Kleiderschrank, seine Hände groß wie Tischtennisschläger. Malin wich zurück. Sie wusste, dass er seine Drohung ohne zu zögern wahr machen würde.

„Ich weiß, dass Sie mir nicht die Wahrheit sagen. Wenn Sie es sich anders überlegen und reden wollen, rufen Sie mich an." Sie legte ihre Visitenkarte auf den Briefkasten, drehte sich um und ging grußlos zu ihrem Auto.

Als Malin ihren SUV wendete und vom Hof fuhr, sah sie im Rückspiegel, wie der Mann mit den Armen gestikulierte und eindringlich auf seine Frau einredete.

„Hast du was rausgefunden?", fragte Daniel, als Malin am Abend zu Hause eintraf.

„Nein. Die haben total gemauert. Aber irgendwas stimmt da nicht. Die wissen genau, was vor Sörens Unfall passiert ist."

„Wie kommst du darauf?"

„Der Mann hatte ein paar Tage altes Veilchen und im Türrahmen der Haustür war ein frisches Einschussloch."

„Bist du sicher, dass es ein Einschussloch war? Ein Loch im Türrahmen kann auch von was anderem stammen. Wenn du zum Beispiel bei Reparaturarbeiten mit einer Bohrmaschine abrutschst."

„Ich bin mir ganz sicher. Na ja, wenn man davon ausgeht, dass er die Patrone mit einem Schraubenzieher rausgemacht hat und es dadurch etwas größer geworden ist. Du hättest die Reaktion von dem Kerl erleben sollen, als ich Fragen gestellt habe. Der ist fuchsteufelswild geworden und hat mich vom Hof geworfen. Und er hat gedroht, die Polizei zu rufen. Der hatte die Statur eines Türstehers. Da bin ich gegangen, bevor der mir eine langen konnte. Ich glaube, dass Sören vor irgendjemandem auf der Flucht war. Er hat dort Hilfe gesucht, die Familie wollte ihn verstecken und dann ist Sörens Verfolger aufgetaucht."

„So könnte es gewesen sein. Der Türsteher wollte ihm helfen, der Unbekannte hat ihn niedergeschlagen und Sören konnte diesen Augenblick nutzen, um zu fliehen. In seiner Panik ist er dann vor das Auto gelaufen. Vermutlich setzt der Verfolger die Familie jetzt unter Druck, damit sie schweigt. Hast du ihre Namen? Vielleicht kann ich über ihren Telefonanbieter etwas rausfinden."

„Merle und Tobias Brinkhauser."

Daniel tippte auf der Tastatur seines Laptops und klickte ein paar Mal mit der Maus. „Hier haben wir sie. Bio-Hof Brinkhauser. Ich versuche den Telefonanbieter ihrer Festnetznummer zu ermitteln. Dann schauen wir uns ihre Verbindungsnachweise an."

„Am besten wäre, wenn Sörens Erinnerung zurückkehrte, wenn sein Vater ihn besuchte. Ich habe Jan direkt verständigt, als ich das Krankenhaus verlassen habe, und er wollte sofort zu ihm fahren. Bin mal gespannt. Bis jetzt habe ich noch nichts gehört. Während du die Verbindungsnachweise besorgst, ziehe ich mich um. Ich bin gleich nochmal weg. Die Listen schaue ich mir wahrscheinlich erst an, wenn ich zurück bin", sagte Malin und verließ den Raum.

Als sie nach einer halben Stunde zurückkehrte, trug sie ein weißes Sommerkleid mit roten Blumen und schmalen Trägern, das ihr bis zu den Knien reichte, dazu rote Sandalen mit Blockabsatz. Daniel hob den Kopf.

„Was hast du vor?", fragte er und musterte sie von oben bis unten.

„Ich werde in ein paar Minuten abgeholt. Ben hat mich zum Essen eingeladen."

„Du gehst mit diesem Angeber aus? Was findest du eigentlich an dem?"

„Du sollst nicht immer so abwertend über ihn sprechen. Er ist ein alter Schulfreund und wir wollen ein wenig über alte

Zeiten plaudern. Wir hatten bisher kaum Gelegenheit dazu. Aber ehrlich gesagt, geht dich das gar nichts an."

„Ich dachte, in den letzten Tagen ist es mit uns doch wieder ganz gut gelaufen ..."

„Ich habe dir das doch schon tausend Mal erklärt. Ich mag dich wirklich sehr, aber auf Dauer geht das mit uns beiden nicht gut. Du bist und bleibst ein Nerd. Du bist hochintelligent und dir kann IT-technisch niemand was vormachen, aber vom Sozialverhalten her gesehen bist du eine totale Niete."

„Wie meinst du das denn? Wir haben uns doch mit Freunden getroffen, sind ins Kino gegangen und in Urlaub gefahren."

„Überleg doch mal: Wie oft haben wir in der Woche etwas gemeinsam unternommen? Höchstens einmal am Wochenende! Die meiste Zeit habe ich mich allein mit Freunden getroffen. Ich wäre auch mal gern spontan mit dir in die Stadt zum Shoppen oder Essen gehen gefahren oder einfach mal einen Tag mit dem Schiff nach Neuwerk. Doch du hängst ja jeden Tag bis spät in die Nacht vor deinem PC."

„Aber wir haben immer eine Basis für gute Gespräche gehabt, machen beide gerne Aktivurlaube, lieben die gleichen Länder und .. ...."

„Das stimmt. Auf der anderen Seite macht es mich wahnsinnig, wenn du kaum etwas im Haushalt machst. Als wir eingezogen sind haben wir abgesprochen, dass wir uns die Hausarbeit teilen. An deine Aufgaben muss ich dich immer hundert Mal erinnern. Wenn du vor dem Computer hockst, ist es, als gäbe es die Welt um dich herum überhaupt nicht. Der Gipfel ist, wenn du angefangen hast zu saugen und plötzlich eine Idee hast. Dann lässt du den Staubsauger einfach mitten im Raum stehen und das meist so, dass ich ihn umrenne. So möchte ich nicht den Rest meines Lebens verbringen. Und die Situation, wie sie im Moment ist, kann auch nicht ewig so weitergehen. Allein schon, wenn du keine Lust zum Einkaufen hast und dich an meinen Vorräten im Kühlschrank bedienst, lässt meinen Blutdruck in die Höhe schießen."

Er atmete tief durch. „Du hast ja Recht. In jeder Hinsicht. Ich sehe ein, dass ich mich ändern muss. Ich verspreche dir, dass ich nicht mehr so viel arbeite und mehr Aufgaben im Haushalt übernehme."

„Ach Daniel, du bist wie du bist. Du wirst dich nie ändern, auch wenn du dir noch so viel Mühe gibst."

„Ich will dich nicht verlieren", sagte er leise. „Gib mir noch eine Chance und lass es uns nochmal versuchen."

Die Art, wie er sie mit seinen hellgrauen Augen ansah, ging ihr durch und durch. „Wir bleiben Freunde. Aber eine Beziehung ist eben schwierig." Sie verzog das Gesicht zu einem Lächeln. Es tat ihr leid, dass sie ihn mit solch deutlichen Worten zurückgewiesen hatte. Jetzt hockte er wie ein Häufchen Elend auf seinem Stuhl. Und wenn sie ehrlich war, liebte sie ihn auch immer noch …

„Und wie stellst du dir die Lösung unseres Wohnproblems vor? Keiner von uns will ausziehen. Also gibt es keine faire Lösung, sondern nur Verlierer."

„Vielleicht sollten wir das Schicksal entscheiden lassen. Wir könnten eine Münze werfen."

„Das ist eine ganz blöde Idee. Wenn es mich trifft, wäre ich doppelt bestraft."

„Lass uns ein anderes Mal drüber sprechen. Wir müssen erstmal unseren Fall klären. Jan hat mich übrigens vorhin angerufen. Er hat Sören besucht, aber der hat ihn nicht erkannt. Wir können nur abwarten. Hast du schon was rausgefunden?"

„Ja." Der Drucker ratterte und spuckte mehrere Blätter aus. „Das ist die Übersicht aller ein- und ausgegangenen Gespräche seit der Unfallnacht. Ich denke, die eingegangenen Anrufe sind die wichtigsten, deshalb habe ich diese zuerst durchgesehen. Ich konnte bis auf eine Nummer der Anruferliste die Besitzer ermitteln. Bei der unbekannten handelt es sich um ein Prepaid Handy. Aber diese Nummer ist die interessanteste …"

„Inwiefern?"

„Du warst doch gestern früh morgens bei diesem Harmsen, oder?"

„Ja."

„Das Handy war dort ebenfalls eingeloggt."

Malin wurde gleichzeitig heiß und kalt. „War es auch gestern, als ich bei Jan war, und vorgestern gegen 16.00 Uhr bei ihm eingeloggt?"

„Ja. Aber es ist nicht die Nummer, mit der der Entführer angerufen hat. Allerdings hat die Nummer seit Sörens Unfall fünf Mal bei den Brinkhausers angerufen. Das Handy war nicht immer eingeschaltet, aber ich hab so gut es ging ein Bewegungsprofil erstellt."

„Lass sehen." Malin nahm ihm den Ausdruck aus der Hand. „Schau mal, an dem Tag war ich das erste Mal am Ferienhaus und da mit Antje im Wald. Ich habe an allen Orten die schwarze Limousine gesehen. Warum haben wir die Handys in den Bereichen bisher nicht gecheckt? Egal. Der Fahrer will also das Geld aus dem Raubüberfall. Möglicherweise hat er damals herausgefunden, dass die beiden zu den Geldräubern gehören. Weil sie das wussten, sind sie untergetaucht. Irgendwie hat der Kerl sie gefunden. Genauso gut kann einer der

Mittäter sie erpresst haben, weil er ihren Anteil haben wollte."
Dann prüfte sie den Zeitraum vor Sörens Unfall. „Bingo. Er
war in der Unfallnacht in der Umgebung des Hofes und zu
Berits Todeszeitpunkt in Veendorf. Wenn wir den Fahrer finden, haben wir den Fall gelöst. Und er kann trotzdem der Entführer sein. Schließlich kann er mehr als ein Prepaid-Handy
verwenden."

„Die Brinkhausers sind wahrscheinlich die einzigen, die ihn
gesehen haben. Jetzt werden sie erpresst, damit sie schweigen.
Wenn wir nur das Nummernschild hätten oder wüssten, wo er
als nächstes auftaucht. Das Handy ist einfach zu oft aus."

„Das Auto stand immer zu weit entfernt. Ich weiß nur, dass es
ein Hamburger Kennzeichen hatte. Aber das ist die berühmte
Stecknadel im Heuhaufen. Kannst du bitte nachschauen, wo
das Handy jetzt eingeloggt ist?"

„Im Augenblick ist es ausgeschaltet."

„Kannst du etwas einstellen, dass wir eine Meldung bekommen, sobald er das Gerät wieder einschaltet?"

„Was für eine Frage! Natürlich kann ich das. Gib mir mal dein
Smartphone. Ich richte es dir so ein, dass du eine Meldung
bekommst. Du siehst dann zur Orientierung einen Punkt auf
einer Karte."

„Super, danke. Wenn ich eine Info bekomme, fahre ich sofort
zu dem Ort und schaue mich dort um." Dann griff Malin zum
Festnetztelefon. „Hallo Ben. Tut mir leid, aber ich muss unser
Essen heute Abend leider absagen."

„Das ist schade. Ich hatte mich schon gefreut. Ist was passiert?"

„Nein, nein. Es ist alles in Ordnung. Ich habe nur Kopfschmer-
zen. Wir holen das nach", log Malin. Sie wollte ihm nicht

sagen, dass sie dicht an der Aufklärung des Falls dran waren. Daniel konnte Ben nicht leiden und sie durfte nicht riskieren, dass er sauer wurde, wenn sie über die gemeinsame Recherche sprechen würde.

„Das machen wir. Gute Besserung."

„Danke." Malin beendete das Telefonat und wandte sich wieder Daniel zu. „Sag mal, konntest du die Aufzeichnung von der Kamera des Geldtransporters eigentlich besorgen?"

„Leider nicht. Auf dem Server der Sicherheitsfirma habe ich nichts gefunden."

Kapitel 22

Malin brauchte einige Sekunden, um zu realisieren, dass es das Klingeln ihres Handys war, das sie aus dem Tiefschlaf gerissen hatte. Welcher Idiot störte sie in der Nacht?

Benommen tastete sie auf dem Nachtisch nach ihrem Smartphone. Erst nachdem sie mehrmals ins Leere gegriffen hatte, fand sie es. Sie öffnete die Augen und blinzelte auf das Display: 1.00 Uhr. Eine Sekunde später saß sie vor Schreck senkrecht im Bett. Ihr Herz raste, denn sie erkannte die Handynummer ihrer Mutter.

„Was ist passiert?", fragte Malin, als sie das Gespräch angenommen hatte.

„Papa ist zusammengeschlagen worden. Er wird gerade ins Krankenhaus gebracht", schluchzte sie. „Er, er ist bewusstlos."

„Was? Wie? Wer war das? Hatte er Streit?"

„Nein. Ich, ich weiß es nicht ..."

„Bist du zu Hause?"

„Ja."

„Ich bin in zehn Minuten bei dir."

Malin sprang aus dem Bett, zog Jeans, Schuhe und T-Shirt an und steckte Portemonnaie und Smartphone in die Hosentaschen. Dann verließ sie ihr Zimmer. Im Haus war es dunkel. Daniel arbeitete ausnahmsweise nicht bis in die frühen Morgenstunden. Auf Zehenspitzen schlich sie die Treppe hinunter, um ihn nicht zu wecken.

Sie schloss die Haustür auf, nahm ihren Autoschlüssel vom Schlüsselbrett und trat nach draußen. Dort stieg sie ins Auto und fuhr zum Hof ihrer Eltern.

Als sie eintraf, brannte in der Küche Licht. Sie parkte ihren SUV direkt vor dem Wohnhaus und sprang hinaus. Ihre Mutter stand in der Tür. Ihre Augen waren vom Weinen gerötet.

„Gut, dass du das bist, Kind."

Sie gingen hinein und Malin ließ sich am großen Küchentisch nieder.

„Möchtest du einen Kräutertee?"

Die Privatermittlerin nickte und ihre Mutter goss ihr aus einer Thermoskanne eine Tasse ein.

„Was ist denn jetzt passiert?", fragte Malin, als sich ihre Mutter zu ihr setzte.

„Papa ist gestern Abend zu den Meyers hinüber gegangen, um ihnen ein paar Äpfel zu bringen. Als er gegen elf noch nicht zurück war, habe ich bei Anne angerufen. Die hat gesagt, dass er schon vor neun gegangen sei. Dann habe ich eine Stunde nach ihm gesucht. Kurz vor unserer Einfahrt habe ich ihn dann blutüberströmt im Straßengraben gefunden. Er rührte sich nicht mehr." Ihr kamen die Tränen.

„Was hat der Notarzt gesagt? Wie schwer sind seine Verletzungen?"

„Schlimm. Er hat schwere Kopfverletzungen und viel Blut verloren. Sie wissen noch nicht, ob er durchkommt. Die Polizei meint, dass er zusammengeschlagen wurde. Malin, ich möchte zu ihm ins Krankenhaus. Kannst du ihm eine Reisetasche mit ein paar Sachen packen und mich zu ihm fahren?"

„Natürlich." Malin stand auf und ging die Treppe hinauf ins Schlafzimmer ihrer Eltern. Dort holte sie eine Tasche vom

Kleiderschrank und legte Unterwäsche, Schlafanzug, Handtücher, einen Trainingsanzug und Toilettenartikel hinein. Dabei fiel ihr Blick auf das Sideboard mit dem Hochzeitsfoto darauf. Sie nahm es in die Hand. Die beiden waren ein hübsches Paar. Ihre Mutter hatte ihr blondes Haar hochgesteckt, darüber einen Schleier. Sie trug ein langes Kleid, das Unterteil aus Seide, das Oberteil aus Spitze. Ihr Vater sah in seinem schwarzen Anzug wie ein Fotomodell aus. Dieser Tag war über fünfzig Jahre her. In dieser Zeit hatten sie Höhen und Tiefen erlebt. Und jetzt lag er schwer verletzt in der Klinik und die Ärzte wussten nicht, ob er überleben würde. Sie seufzte und stellte das Foto wieder zurück an seinen Platz. Dann zog sie den Reißverschluss der Reisetasche zu und lief damit hinunter in die Küche.

„Ich bin fertig. Wir können fahren."

Während Malin den Wagen über die verlassenen Landstraßen Richtung Cuxhaven steuerte, schwiegen sie. Hannah Larssen starrte vor sich hin und wischte sich ab und zu die Tränen aus dem Gesicht. Die Privatermittlerin grübelte, wer hinter dem Attentat stecken könnte.

Nach einer halben Stunde erreichten sie die Klinik. Sie meldeten sich in der Notaufnahme, wo man ihnen mitteilte, dass ihr Vater gerade untersucht würde. Malin sah sich im Wartebereich um und entdeckte zwei freie Stühle in einer Ecke, auf die sie sich setzten und warteten.

Auch wenn es mitten in der Nacht war, hier gab es keine Ruhe. Ärzte und Schwestern liefen geschäftig hin und her, kamen aus einem Behandlungsraum heraus und betraten den nächsten. Immer wieder wurden Kranke und Verletzte von

Sanitätern auf Tragen oder in Rollstühlen eingeliefert.

Mit ihnen im Wartebereich saßen Eltern mit weinenden Kindern, Personen mit Platzwunden und notdürftig verbundenen Armen. Malin hasste Krankenhäuser. Der typische Mief auf den Gängen, die kahlen Zimmer, der Geruch von Desinfektionsmitteln und kranke Menschen, das alles verursachte ihr Magenschmerzen.

Die Zeit verging, doch niemand kümmerte sich um sie. Die Privatermittlerin zog zwei Becher Kaffee an einem Automaten, damit sie wach blieben. Jedes Mal, wenn der Lautsprecher knackte und die Schwester jemanden aufrufen wollte, hielten sie die Luft an und hofften, dass ihr Name fiel. Aber nichts geschah. Erst nach eineinhalb Stunden kam ein Arzt zu ihnen.

„Ich bin Dr. Müller-Giering. Ihr Mann hat ein schweres Schädel-Hirn-Trauma erlitten und liegt im Koma", erklärte er Hannah Larssen.

Diese wurde kreidebleich und schwankte. Malin stütze sie und führte sie zurück zu ihrem Stuhl. „Wann wird er wieder aufwachen?"

„Das können wir nicht sagen. Seine Verletzungen sind sehr schwer. Wenn er die Nacht übersteht, stehen die Chancen gut, dass er überlebt."

„Kann ich zu meinem Mann? Bitte."

„Es ist besser, wenn Sie nach Hause fahren. Ruhen sie sich ein paar Stunden aus und kommen am Nachmittag wieder. Ihr Mann ist hier in den besten Händen. Wir werden am Vormittag weitere Untersuchungen machen. Vielleicht können wir dann schon mehr sagen. Sollte sich vorher etwas an seinem Zustand ändern, werden wir Sie natürlich sofort verständigen."

Malin nickte und reichte dem Arzt die Tasche. „Hier sind ein paar Sachen für meinen Vater."

„Ich werde sie der Schwester geben, damit man sie auf die Intensivstation bringt. Ist seine Versichertenkarte auch dabei? Ihr Vater hatte sie nicht bei sich."

„Nein. Ich werde sie suchen und heute Nachmittag mitbringen. Komm, Mama. Ich bringe dich nach Hause." Sie hakte sich bei ihrer Mutter ein und zog sie zum Ausgang. Der Arzt ging ins Schwesternzimmer, gab die Tasche ab und verschwand in einem der Behandlungsräume.

„Was ist, wenn er nicht mehr aufwacht?", fragte Hannah Larssen, als sie wieder Richtung Veendorf fuhren.

„Daran darfst du nicht einmal denken. Er wird es schaffen. Das weiß ich."

„Der Arzt hat gesagt, dass die Kopfverletzungen sehr schwer sind. Und er liegt im Koma."

„Das ist nicht das Ende. Wie viele Menschen wachen aus dem Koma wieder auf? Selbst noch nach Jahren!"

„Ich habe Angst. Was soll ich denn ohne ihn machen?"

„Mama. Hör auf so zu denken. Es wird sich alles zum Guten wenden, du wirst sehen."

Kurz darauf kamen sie auf dem Hof an und Malin parkte den Wagen vor der Haustür.

„Leg dich aufs Bett und schlaf ein wenig", riet die Privatermittlerin ihrer Mutter, als sie das Haus betraten.

„Ich mache sowieso kein Auge zu."

„Dann ruh dich wenigstens zwei oder drei Stunden aus. Es ist schon nach vier. Bald wird es hell."

„Wahrscheinlich hast du Recht. Ich muss heute Nachmittag fit sein, wenn ich Papa besuchen will. Kannst du mich wieder hinbringen? Ich bin viel zu aufgeregt, um selbst zu fahren."

„Natürlich mache ich das. Ich will doch auch wissen wie es ihm geht."

Dann ging Malin ins Gästezimmer, ihr ehemaliges Jugendzimmer. Ihre Mutter hatte es umgestaltet, nachdem sie mit Anfang zwanzig ausgezogen war: Schreibtisch und Sitzsäcke hatte sie entfernt und dafür einen weißen Tisch und zwei schwarze Sessel gekauft. Bett und Schrank aus Eichenholz waren geblieben. Hier übernachteten in unregelmäßigen Abständen Verwandte aus Süddeutschland.

Sie zog die Schuhe aus, legte sich aufs Oberbett und schloss die Augen. Ruhe fand sie nicht. Ihre Gedanken kreisten um ihren Vater und darum, wer ihn so zugerichtet haben könnte. Wer hatte solch einen Hass auf ihn?

Irgendwann war Malin eingeschlafen. Als sie die Augen wieder öffnete, schien ihr die Sonne mitten ins Gesicht. Es war halb sieben. Sie duschte und als sie das Badezimmer verließ, roch es im ganzen Haus nach frisch aufgebrühtem Kaffee. Sie ging hinunter in die Küche, wo ihre Mutter den Frühstückstisch gedeckt hatte.

Bei Malins Eintreten sah sie auf. „Guten Morgen."

„Morgen Mama. Hast du wenigstens ein bisschen geschlafen?"

Sie schüttelte den Kopf. „Nicht eine Minute. Ich musste immer an Papa denken."

„Es hat niemand vom Krankenhaus angerufen. Das ist erst mal ein Zeichen, dass es ihm nicht schlechter geht."

„Aufgewacht ist er dann aber auch nicht."

„Du wirst sehen, er wird die Nacht gut überstanden haben und über den Berg sein", beruhigte die Privatermittlerin ihre Mutter und nahm sie in den Arm. „Lass uns essen." Malin setzte sich auf die Eckbank, Hannah Larssen sich ihr gegenüber auf einen Stuhl.

„Ich habe keinen Hunger."

„Du musst etwas essen. Du hilfst Papa nicht, wenn du plötzlich umkippst, weil du keine Kräfte mehr hast."

„Du hast ja Recht, aber ich bekomm einfach keinen Bissen runter."

„Iss wenigstens ein Croissant." Malin reichte ihr den Brotkorb.

Die Mutter seufzte. „Also gut."

Sie aßen schweigend. Jede hing ihren Gedanken nach.

„Weißt du, wo Papa seine Versichertenkarte aufbewahrt? Die müssen wir nachher mitnehmen."

„Wahrscheinlich in seinem Sekretär."

„Dann schaue ich mal nach." Malin ging ins Wohnzimmer. Als sie die Klappe öffnen wollte, stutzte sie. „Seit wann schließt er den Sekretär ab?"

„Schon länger."

„Warum? Das ist ja, als hätte er Geheimnisse vor dir."

„Das weiß ich nicht. Hat mich auch nie interessiert. Er kümmert sich um unseren ganzen Papierkram. Ich brauche keinen Sekretär."

Die Privatermittlerin sah sich das Schloss an. „Hast du eine Stricknadel?"

„Du willst es knacken? Das wird Papa ärgern. Er wird seine Gründe haben, warum er es abgeschlossen hat."

„Das ist mir egal. Wir brauchen seine Karte. Dann hätte er sie halt bei sich tragen sollen."

Die Mutter holte aus dem Wohnzimmerschrank einen Korb, in dem sie ihre Wolle aufbewahrte. Sie zog eine Nadel hervor und reichte sie ihrer Tochter. Diese stocherte minutenlang im Schlüsselloch herum. Das Ganze erwies sich schwieriger als erhofft. Schweißperlen bildeten sich auf ihrer Stirn. Ihr gelang es nicht, den Sekretär zu öffnen. Sie fluchte, gab aber nicht auf und als sie schon nicht mehr damit gerechnet hatte, sprang das Schloss auf und die Klappe neigte sich herunter.

„Na also. Geht doch", murmelte sie und schaute zuerst durch die Papiere in den offenen Fächern. Dort steckten – sorgfältig sortiert – Rechnungen, Lieferscheine und Kontoauszüge. In einem weiteren befanden sich Taschenrechner, Stifte und Notizzettel. Blieben die beiden Schubladen. Sie öffnete die erste und entdeckte die Versichertenkarte. Sie lag halb versteckt unter einem Dokument. Sie zog sie hervor, streifte dabei das Papier und schob es versehentlich zur Seite. Ruckartig nahm sie ihre Hand zurück. Was hatte das zu bedeuten? Warum hatte ihr Vater ihr nie davon erzählt?

„Mama? Komm mal her!"

„Was ist denn?"

Malin nahm den Gegenstand aus der Schublade heraus und hielt ihn in die Höhe. „Deswegen hat Papa den Sekretär abgeschlossen."

Hannah Larssen schlug die Hände vor den Mund und schüttelte den Kopf, die Augen weit aufgerissen.

„Seit wann hat Papa eine Waffe?"

„Davon habe ich nichts gewusst!", stammelte sie.

„Habt ihr mit jemandem Streit? Werdet ihr bedroht?"

„Nein!"

„Aber eine Pistole schafft man sich nicht einfach so an!"

„Ich weiß wirklich nichts! Ich kann mir das nicht erklären. Er hat mir nicht erzählt, dass er Probleme hat."

„Hat Papa sich in letzter Zeit verändert? Ist dir irgendwas an ihm aufgefallen?"

Sie zog die Stirn in Falten, starrte eine Weile ins Leere. „Er geht seit ungefähr vier Jahren nicht mehr zum Stammtisch. Von einem Tag auf den anderen wollte er nicht mehr."

„Das hat er mir gegenüber nie erwähnt. Hat er dir gesagt warum?"

„Er meinte nur, dass er sich geärgert hätte und dass die anderen ihm den Buckel runterrutschen können." Sie stockte. „Und wenn ich mich recht erinnere, hat er kurz danach auch den Sekretär abgeschlossen."

„Hatte er keinen Kontakt mehr zu den anderen Bauern?"

„Nein. Keiner kommt mehr abends auf ein Bier vorbei und keiner leiht ihm Geräte. Und Papa geht nicht mal mehr zu den Erntefesten."

„Hast du nicht nachgefragt, warum er plötzlich die Kontakte abgebrochen hat?"

„Das hat mich nicht interessiert. Ich war froh, dass er nicht jede Woche mit einer Fahne nach Hause kam und unser ganzes Geld in die Kneipe gebracht hat."

„Ich werde ihn fragen, sobald er aufgewacht ist."

„Hoffentlich wacht er überhaupt auf", schluchzte die Mutter.

„Er ist ein Kämpfer, das weißt du doch."

„Können wir nicht jetzt schon ins Krankenhaus fahren? Ich will wissen, wie es ihm geht."

„Dr. Müller-Giering hat zwar gesagt, dass wir erst nachmittags kommen sollen, aber gut. Mach dich fertig."

Gegen neun erreichten sie die Klinik. Henrik Larssen lag nach wie vor auf der Intensivstation im Koma. Eine Schwester reichte ihnen Umhänge, dann durften sie für ein paar Minuten zu ihm.

Er lag regungslos im Bett, angeschlossen an Maschinen. Um seinen Kopf trug er einen Verband, in seinem Mund steckte ein Schlauch. Sein Brustkorb hob und senkte sich in gleichmäßigen Abständen. Eines der Geräte piepste regelmäßig. Hannah Larssen setzte sich neben ihren Mann auf die Bettkante und nahm seine Hand. Malin stand an der anderen Seite des Bettes. So verharrten sie eine Weile.

Dann öffnete sich die Tür. Dr. Müller-Giering trat herein und begrüßte sie.

„Wie geht es ihm, Herr Doktor?", fragte Hannah Larssen und sah ihn hoffnungsvoll an.

„Er hat die Nacht gut überstanden. Sein Zustand ist stabil", entgegnete er.

„Wird er wieder aufwachen?"

„Das können wir leider immer noch nicht sagen. Aber da sich sein Zustand nicht verschlechtert hat, sind die Aussichten gut."

„Wird er Schäden zurückbehalten?"

„Das ist schwer zu beurteilen. Er hat mehrere heftige Schläge auf den Kopf bekommen. Sobald er aufwacht, werden wir einige Tests durchführen, danach können wir mehr sagen. Aber jetzt müssen wir erst einmal abwarten. Bleiben Sie bitte nicht zu lange. Gehen Sie nach Hause und ruhen sich aus. Wie gesagt, wir melden uns, wenn es Neuigkeiten gibt." Dann verabschiedete sich Dr. Müller-Giering und verließ den Raum.

Malin mochte sich nicht ausmalen, dass ihr Vater nicht mehr

der Alte sein könnte. Ihre Mutter wäre mit dem Hof und den Finanzen überfordert. Er hatte alles rund um den Betrieb geregelt: den Verkauf der Ernte, den Einsatz von Erntehelfern, die Kredite. Sie hatte sich um den Haushalt gekümmert und Gemüse und selbst hergestellte Produkte wie Marmelade, Liköre und Chutneys in ihrem Hofladen verkauft.

„Komm, ich bringe dich zurück auf den Hof", sagte die Privatermittlerin.

Als sie ihre Mutter abgesetzt hatte, fuhr Malin nach Hause. Übermüdet stieg sie dort aus dem Auto und betrat das Reetdachhaus.

„Wo warst du letzte Nacht?" Daniel trat aus dem Wohnzimmer in den Flur, als sie die Treppe hinauf in ihr Zimmer ging und schaute sie fragend an.

„Ich bin dir keine Rechenschaft schuldig", sagte sie grob und blieb stehen.

Er sah sie mit trauriger Miene an. „Das stimmt. Aber ich habe mir Sorgen gemacht."

„Tut mir leid. Ich wollte dich nicht so anfahren. Aber es ist gerade alles etwas viel."

„Schon gut. Du siehst blass aus. Willst du drüber reden?"

Malin kämpfte mit sich. Sie war müde, auf der anderen Seite fühlte sie sich mit Sicherheit besser, wenn sie mit jemandem über das Geschehene gesprochen hatte.

Sie kehrte wieder um und folgte Daniel ins Wohnzimmer. Dort sank sie auf das Sofa und er setzte sich neben sie.

„Was ist passiert?"

Sie atmete tief durch. Dann schilderte sie die Ereignisse der vergangenen Nacht. Als sie geendet hatte, legte er den Arm um sie und zog sie zu sich heran. Sie genoss es, seine Nähe zu spüren. Sie lehnte den Kopf an seine Schulter und schloss die Augen.

„Wie geht es ihm jetzt?"

„Er liegt nach wie vor im Koma. Die Ärzte können nicht sagen, ob und wann er wieder aufwacht."

„Das tut mir leid. Kann ich irgendetwas für dich tun? Soll ich dir etwas zu Essen machen?"

Sie schüttelte den Kopf.

„Magst du einen Tee?" Er wollte aufstehen, doch Malin hielt ihn zurück.

„Nein, bitte bleib", bat sie und kuschelte sich wieder an ihn. Auch wenn sie wusste, dass es nicht fair ihm gegenüber war.

„Weißt du, was ich die ganze Zeit überlege? Ob der Überfall auf meinen Vater mit unserem Fall zusammenhängt."

„Wie kommst du darauf?"

„Ich habe im Sekretär meines Vaters eine Pistole gefunden. Meine Mutter wusste nichts davon und mir hat er auch nichts erzählt. Wovor hat er Angst?" Sie richtete sich auf. „Ich muss mit Enno reden, dem Nachbarbauern. Mit ihm ist er bis vor vier Jahren immer zum Stammtisch gegangen. Dann von einem auf den anderen Tag nicht mehr."

„Seit wann hat dein Vater die Waffe?"

„Ich vermute, er hat sie vor vier Jahren gekauft."

„Das ist der Zeitpunkt des Überfalls auf den Geldtransporter!" Malin wurde übel. „Du meinst, er gehört zu den Tätern?"

Kapitel 23

Malin parkte ihren SUV vor dem Haus ihrer Eltern und ging mit schnellen Schritten zum Hof der Carstensens. Er lag direkt nebenan und sie kannte die Familie seit ihrer Kindheit. Wie ihre Eltern bauten sie Kartoffeln und Gemüse an. Im Gegensatz zu diesen hatten Enno und seine Frau in der letzten Zeit investiert: Das Dach der Lagerhalle war neu gedeckt, das Wohnhaus gestrichen und ein neuer Traktor angeschafft.

„Enno? Bist du da?", rief sie und blieb auf dem Hofplatz stehen.

Kurz darauf näherten sich Schritte.

„Ach, die kleine Larssen. Welch seltener Besuch. Was verschlägt dich denn hierher?", fragte der Bauer, als er aus der Remise trat. Er trug Muskelshirt und Shorts, so dass man die zahlreichen Tattoos auf Armen und Beinen sah. Die Bilder hatten ihr nie gefallen.

„Hallo Enno. Ich muss dich was fragen."

„Sag mir erstmal, wie es deinem Vater geht. Hab davon gehört. Schlimme Sache. Hoffentlich kriegen sie das Schwein, das ihm das angetan hat."

„Er liegt nach wie vor im Koma. Die Ärzte können nicht genau sagen, ob er wieder aufwachen wird."

„Tut mir leid."

„Danke. Sag mal, habt ihr gestern Abend etwas bemerkt? Ein fremdes Auto oder eine unbekannte Person, die hier rumgeschlichen ist? Es ist ja quasi vor eurem Hoftor passiert."

„Nee. Hein, Ole und Hauke waren hier. Wir haben Karten gespielt und einige Bierchen gekippt. War ganz schön laut, das kann ich dir sagen. Da haben wir von draußen nichts mitgekriegt."

„Schade. Aber noch was. Warum ist mein Vater nicht mehr zu eurem Stammtisch gekommen?"

„Keine Ahnung. Hat uns nur gesagt, er käme nicht mehr."

„Aber es muss doch einen Grund geben. Habt ihr euch gestritten?"

„Nein. Vielleicht waren ihm die Abende zu teuer. Wir haben immerhin einiges vernichtet, wenn wir bei Astrid waren."

„Das glaub ich nicht. Er ist immer gern mitgegangen. Ihr wart gut befreundet. Warum hat er das aufgegeben? Meine Mutter hat mir erzählt, dass er keinen Kontakt mehr zu euch hatte."

„Wir haben uns auch gefragt, was er plötzlich hat. Aber wenn er nichts sagt …" Enno zuckte die Schultern. „Ich fürchte, ich kann dir nicht weiterhelfen."

Kapitel 24

Malin lag auf ihrem Bett und schrieb eine WhatsApp an Antje, um sie zu informieren, dass sie Sören gefunden hatte, als ihr Smartphone klingelte. Die Nummer kannte sie nicht. Das hatte nichts zu bedeuten. Es konnte ein potentieller Auftraggeber sein, denn sie war in einschlägigen Branchenverzeichnissen im Internet zu finden. Doch um halb zehn abends?

„Larssen", meldete sie sich.

„Ich bin's. Harmsen. Ich muss mit dir reden. Kannst du zu mir kommen?"

„Jetzt?"

„Ja. Ich halte es nicht mehr aus."

„Natürlich. Geht es um den Raubüberfall?"

„Ja. Aber ich will mit dir persönlich reden, nicht am Telefon."

„Ich bin in zwanzig Minuten bei dir."

Malins Herz schlug bis zum Hals. Der Fahrer des Geldtransporters war bereit auszupacken. Damit hatte sie nicht gerechnet. Würde sie mit seiner Aussage den gesamten Fall aufklären können?

„Daniel? Wo bist du?", rief sie im Treppenhaus.

„Im Arbeitszimmer."

Malin lief ans andere Ende des Flurs. „Harmsen hat mich gerade angerufen. Er will reden. Ich fahr sofort zu ihm."

„Damit du dich ganz auf ihn konzentrieren kannst, komme ich auch nach Veendorf. Ich parke am Ortsrand und behalte von dort aus im Auge, ob der Unbekannte das Handy wieder einschaltet. Sobald er das tut, sage ich dir Bescheid und versuche ihn zu finden."

„Okay. Aber pass auf dich auf. Bring dich auf keinen Fall in Gefahr. Ich brauch dich noch."

„Keine Sorge, mach ich. Ich habe übrigens geprüft, ob das Prepaid-Handy zu dem Zeitpunkt, als dein Vater überfallen wurde, dort eingeloggt war."

„Und?"

„War es nicht."

Malin lief die Treppe hinunter, riss ihre Tasche von der Garderobe und stürzte zum Auto. Mit quietschenden Reifen fuhr sie los und preschte die Einfahrt entlang zur Straße. Zügig bog sie nach links ab und gab Gas. Sie wollte schnellstmöglich wissen, wer die Täter waren und ob ihr Vater in die Sache verwickelt war.

Zehn Minuten später bremste sie am Ortseingang von Veendorf abrupt ab und parkte ihr Auto am Straßenrand vor Harmsens Haus. Dann klingelte ihr Smartphone.

„Bist du schon da?", fragte Daniel.

„Ja, ich bin gerade angekommen."

„Das Prepaid-Handy ist eingeschaltet und zwar ganz in deiner Nähe. Siehst du irgendwo eine schwarze Limousine?"

„Ich kriege auch gerade die Meldung. Aber ich sehe hier keinen dunklen Wagen. Er kann aber auch in einer Seitenstraße oder einem Waldweg stehen."

„Ich bin in ein paar Minuten da und sehe mich um, während du mit Harmsen sprichst."

„Wenn es zu gefährlich wird, ruf die Polizei."

Malin stieg aus dem Auto und überquerte die Straße. In Harmsens Küche brannte Licht. Sie lief die Treppe hinauf und klingelte an der Haustür. Nach einer Weile öffnete der ehemalige Mitarbeiter einer Sicherheitsfirma. Er war kreidebleich, tiefe Furchen durchzogen sein Gesicht. Und er war schmal geworden. Das hatte sie bei ihrem letzten Aufeinandertreffen schon bemerkt.

„Komm rein, Mädchen", sagte er mit dünner Stimme, ließ sie eintreten und schlurfte voraus in die Küche. Malin folgte ihm und sie setzten sich an den schweren Eichentisch.

„Du willst dein Gewissen erleichtern?", kam die Privatermittlerin direkt zur Sache.

„Ja. Ich habe nichts mehr zu verlieren. Ich habe einen Gehirntumor und nicht mehr lange zu leben."

„Das tut mir sehr leid. Kann man denn gar nichts mehr tun?"

„Der Tumor liegt ungünstig. Wenn sie mich operieren, kann wer weiß was passieren. Das will ich nicht. Ich kriege genug Medikamente gegen die Schmerzen und irgendwann mach ich die Augen zu und bin bei meiner Else. Ich denke, jetzt ist der Zeitpunkt die Wahrheit zu sagen. Die will ich nicht mit ins Grab nehmen. Wo ich jetzt sowieso sterben muss ist egal, was mit mir passiert."

„Wirst du erpresst?"

Er nickte und blickte auf den Tisch. „Ja. Ich kenne die Schweine, die uns überfallen und meinen Kollegen umgebracht haben. Und ich bin Schuld, dass er gestorben ist, dass zwei Kinder als Halbwaisen aufwachsen. Die Schweine haben einen Motorradunfall vorgetäuscht. Ich hab angehalten, weil ich sie kannte. Ich wollte nur helfen. Es sah aus, als ob die zwei schwer verletzt seien. Mein Kollege hat mir unsere

Vorschriften vorgehalten und versucht, mich davon abzuhalten auszusteigen. Ich habe es trotzdem getan. Dann sind die angeblich Verletzten aufgestanden und näher gekommen. Die haben sich maskiert und waren bewaffnet. Drei andere kamen aus dem Wald. Mein Kollege hat seine Waffe gezogen. Da haben sie ihn kaltblütig erschossen."

„Und dann?"

„Ich musste die Metallkoffer mit dem Geld rausgeben. Weiß der Himmel, wie sie später die Scheine unbeschadet rausbekommen haben. Normalerweise werden sie unbrauchbar, wenn die Koffer gewaltsam geöffnet werden, weil diese mit Farbbomben ausgestattet sind. Weißt du, so ein Fahrzeug ist gepanzert, es gibt eine GPS-Überwachung und mehrere Schließsysteme. Unsere Firma kann es sogar per Fernbedienung stilllegen, wenn wir unsere Route verlassen. Aber bei so viel Dummheit, wie ich sie begangen habe, nützen alle Sicherheitsmaßnahmen nichts."

„Warum haben sie dir nichts getan?"

„So skrupellos waren sie dann scheinbar doch nicht. Aber sie haben mir gedroht, meinen Kindern etwas anzutun, wenn ich sie verpfeife. Da hatte ich einfach Angst. Sie hätten ihre Drohung wahr gemacht, glaub mir."

„Was hast du der Polizei gesagt, warum du ausgestiegen bist?"

„Ich habe erklärt, dass es nach einem Unfall mit zwei Schwerverletzten aussah und dass ich mir bewusst bin, dass ich einen riesigen Fehler begangen habe. Die haben mich regelrecht auseinandergenommen und immer weiter gefragt, aber ich habe nichts verraten. Und jetzt möchte ich reinen Tisch machen. Das Wissen über die Täter möchte ich nicht mit ins Grab nehmen. Du darfst nicht schlecht von mir denken. Aber es sah wirklich so aus, als wären sie schwer verletzt."

„Ich denke nicht schlecht von dir. Und ich weiß ehrlich gesagt nicht, wie ich mich in dieser Situation verhalten hätte. Sagst du mir die Namen?"

„Ja. Aber wenn ich sie dir genannt habe, wird es das Leben vieler zerstören, die du kennst. Veendorf wird nicht mehr das gleiche sein."

Malin wurde übel, als er ihr direkt in die Augen sah. Ihr Herz klopfte. War ihr Vater einer der Täter, vielleicht sogar der Todesschütze?

„Es waren ..."

Plötzlich ein ohrenbetäubender Knall und das Klirren von Glas. Harmsens Kopf schlug nach hinten. Aus einer Wunde auf der Stirn quoll Blut. Malin ließ sich zu Boden fallen, robbte auf allen vieren zur Tür und löschte das Licht. Sekundenlang verharrte sie zusammengekauert in einer Ecke auf dem Fußboden. Sie hielt die Luft an, lauschte, ob sie draußen Schritte hörte. Doch es blieb still. Langsam richtete sie sich auf, trat neben das Fenster und presste sich gegen die Wand. Die Privatermittlerin atmete tief durch, drehte sich ruckartig zur Seite und schaute hinaus. Dort lag der Garten und sie sah im Mondlicht, wie eine Gestalt um die Hausecke verschwand. War es Daniel, der den Schützen verfolgte?

Malin schaltete das Licht wieder ein und verständigte die Polizei. Anschließend betrachtete sie den Toten. Was hatte er in den letzten Jahren ertragen: Erst starb seine Else, dann der Überfall, der ihn schwer belastet hatte, und am Ende hatte er Krebs.

„Er ist mir entwischt. Ist Harmsen tot?"

Malin zuckte zusammen, als sie Daniel Stimme vernahm. „Da bist du ja! Gott sei Dank. Ich hab mir schon Sorgen gemacht. Bist du okay?"

„Ja, alles in Ordnung."

„Er war sofort tot. Ich habe schon die Polizei gerufen."

„Wer waren die Täter?"

„Er ist nicht mehr dazu gekommen, mir das zu sagen. Der arme Teufel wollte sein Gewissen erleichtern, weil er einen Gehirntumor hatte."

„Was wirst du der Polizei sagen?"

„Dass er mich angerufen hat und mir etwas Wichtiges sagen wollte!"

„Mehr nicht?"

„Nein."

„Ich habe vielleicht was. In einer Nebenstraße steht eine schwarze Limousine mit Hamburger Kennzeichen. Vielleicht ist es das Auto, das du gesehen hast. Wenn wir Zuhause sind, werde ich gleich recherchieren."

Kurz darauf ertönten Polizeisirenen. In der Dunkelheit sahen sie, wie sich mehrere Fahrzeuge mit Blaulicht näherten. Nacheinander trafen Streifenpolizisten, Kriminalbeamte, Mitarbeiter der Spurensicherung und ein Rechtsmediziner ein.

Die Kommissare nahmen Malin mit zur Dienststelle. Dort musste die Privatermittlerin den Tathergang detailliert schildern. Zudem fragten die Ermittler nach dem Grund ihres Besuchs bei Harmsen. Sie erklärte ihnen, dass er sie angerufen hatte und dringend mit ihr sprechen wollte. Sie war davon ausgegangen, dass es um einen Auftrag ging. Bevor er ihr jedoch sein Anliegen erklären konnte, sei der Schuss gefallen.

Kapitel 25

Malin schreckte aus dem Schlaf hoch, als ihr Handy klingelte. Es war acht. Verdammt, sie hatte verschlafen. Nach den Ereignissen des letzten Abends war das nicht verwunderlich.

Auf dem Display ihres Smartphones erschien das Bild ihrer Mutter. Sie hielt den Atem an. Die Chancen auf eine gute Nachricht lagen bei fünfzig Prozent.

„Ich hoffe, es gibt positive Neuigkeiten", sagte Malin, als sie das Gespräch annahm.

„Stell dir vor, Papa ist aufgewacht! Dr. Müller-Giering hat gerade angerufen. Es geht ihm den Umständen entsprechend. Aber er ist über den Berg und wird wahrscheinlich keine bleibenden Schäden zurückbehalten", berichtete ihre Mutter.

„Gott sei Dank. Dürfen wir ihn besuchen?"

„Ja. Hast du Zeit? Kannst du mich abholen?"

„Ich bin in dreißig Minuten bei dir."

Eine Stunde später standen Malin und ihre Mutter am Krankenbett ihres Vaters. Er war blass, sein Gesicht zierten blau-lila Blutergüsse und er trug nach wie vor einen dicken Verband um den Kopf. Die Geräte waren entfernt worden, lediglich ein Zugang auf dem Handrücken war geblieben. Der Arzt hatte ihnen fünfzehn Minuten Besuchszeit erlaubt.

Henrik Larssen strahlte, als er seine Familie erblickte. Doch bei jeder Bewegung verzog er das Gesicht. „Rippenprellung", erklärte er und lächelte schief. „Dr. Müller-Giering will mich noch nicht nach Hause lassen, aber ich arbeite dran."

„Du wartest ab, bis die Ärzte dir das Okay geben und entlässt dich nicht selbst", sagte seine Frau. „Hast du das verstanden?" Er nickte, Malin nahm ihm diese Zustimmung allerdings nicht ab.

„Wie geht es dir sonst?" Hannah Larssen sah ihren Mann besorgt an.

„Mein Schädel brummt, als arbeite ein ganzes Bienenvolk da drin. Aber das wird wieder, hat der Arzt gesagt."

„Hast du den oder die Täter erkannt?", fragte Malin.

„Nein. Ich bin von hinten überfallen worden. Ich habe plötzlich einen Schlag auf den Kopf gespürt und dann wurde mir schwarz vor Augen."

„Hast du irgendwelchen Ärger? Hattest du Streit mit jemandem?"

„Nein. Ich weiß auch nicht, wer das gewesen sein könnte", sagte er und schaute auf seine Bettdecke.

„Es war kein Raubüberfall. Du hattest noch hundert Euro in der Hosentasche. Es muss also was anderes dahinterstecken."

„Ich habe keine Erklärung dafür."

„Warum besitzt du eine Pistole?"

Er starrte seine Tochter mit entsetzter Miene an. „Woher weißt du, dass ich eine Waffe habe?"

„Wir brauchten deine Versichertenkarte fürs Krankenhaus. Da musste ich mir Zugang zu deinem Sekretär verschaffen. Wir wussten schließlich nicht, ob du … wie es mit dir weitergeht."

„Trotzdem. Meine Unterlagen gehen euch nichts an. Dann hätten die halt warten müssen."

„Das ist leider nicht so einfach, Papa. Hast du dir die Pistole gekauft, weil du einen Übergriff befürchtet hast?"

„So'n Quatsch. Es wird nur so viel eingebrochen in letzter Zeit. Ich habe mir gedacht, es ist besser sich eine anzuschaffen, um sich im Notfall verteidigen zu können."

„Das glaube ich dir nicht. Was ist am Stammtisch vorgefallen? Warum gehst du nicht mehr hin?"

„Was soll diese Fragerei. Ich ..."

„Hör sofort auf Malin! Papa braucht Ruhe! Ihr könnt in Ruhe darüber sprechen, wenn es ihm besser geht."

„Es gibt nichts weiter dazu zu sagen", entgegnete Henrik Larssen mürrisch und schloss die Augen.

„Schon gut. Tut mir leid", sagte Malin und schämte sich. Warum hatte sie so verbissen nachgehakt, wo ihr Vater gerade mit dem Leben davongekommen war? Es war wichtiger, dass er sich erholte. Stattdessen überschüttete sie ihn mit Vorwürfen, weil sie derart fixiert auf den Fall war und dass er darin verwickelt sein könnte. Am besten erwähnte sie nicht, dass sie Enno gefragt hatte, ob er ein Motiv wüsste ...

„Ach, so. Bevor ich's vergesse. Der alte Harmsen ist übrigens gestern Abend von einem Unbekannten erschossen worden."

Henrik Larssen erstarrte. „Geht. Ich brauche Ruhe."

Kapitel 26

Als Sören wieder allein war, schloss er die Augen. Die Medikamente sorgten dafür, dass er nahezu schmerzfrei war.

Wer war diese Frau, die ihm die Fotos gezeigt hatte? Sie hatte gesagt, sie sei eine Freundin und die andere auf dem Bild seine Schwester. Hatte er eine? War er verheiratet? Hatte er Kinder, die abends warteten, dass er von der Arbeit nach Hause kam? Und wie war es zum Unfall gekommen? Verdammt, wenn er sich bloß erinnern könnte!

Kurz darauf schlief er ein.

<Sein Brustkorb zog sich schmerzhaft zusammen, als er in die Mündung des Laufs sah. Der Mann, der mit einer dunklen Limousine an der Einfahrt zu ihrem Haus gestanden hatte, richtete eine Pistole auf ihn. War er es, der den Zettel geschrieben hatte?

Warum hatte er Berit nicht sofort davon erzählt, als er ihn gefunden hatte, und war stattdessen zu Andreas gefahren? Dabei wollte er ihn um den Schlüssel für sein Ferienhaus bitten, um dort mit seiner Schwester unterzutauchen.

Der Fremde grinste und entsicherte die Waffe. „Dann komm mal rein. Wir beide werden uns jetzt ganz in Ruhe unterhalten."

Sörens Gehirn arbeitete. Wenn er dem Unbekannten das Versteck verraten würde, würde er ihn töten und anschließend Berit.

„Los, komm rein!", befahl der Mann.

Nein! Er musste weg und gemeinsam mit seiner Schwester fliehen. Zu verlieren hatte er nichts mehr.

In dem Augenblick, in dem der Fremde die Pistole einen Moment von ihm abwendete und mit der Linken seinen rechten Arm griff, schlug er ihm die Waffe aus der Hand. Dann verpasste er ihm einen Kinnhaken. Der Unbekannte ging wie ein gefällter Baum zu Boden. Sören drehte sich auf dem Absatz um, lief quer über den Hof in die Dunkelheit hinein. Bevor er die Zufahrt erreichte, schaute er sich um. Im Licht der Hofbeleuchtung sah er, dass der Fremde ihm hinkend mit rund hundert Metern Abstand folgte. Er wählte einen Weg parallel der Straße. Er rannte in den Wald rechts neben dem Weg und verlangsamte das Tempo. Im Mondlicht sah er die Umrisse der Bäume. Äste und Zweige schlugen ihm ins Gesicht. Er stolperte über eine Wurzel, fing sich im letzten Moment und spurtete wieder los. Kurz darauf touchierte er einen Baumstamm und stürzte auf den linken Arm. Ein paar Meter kroch er auf allen vieren, bevor er sich aufrappelte und weiter taumelte. Seine Beine gehorchten ihm nicht mehr, sie schlotterten wie die einer Marionette. Doch sein Überlebenswille war da. Plötzlich erkannte er zwischen den Bäumen die Scheinwerfer eines Fahrzeugs, das sich auf der Hauptstraße näherte. Sören lief um sein Leben. Es war seine letzte Chance, dem Unbekannten zu entkommen. Er musste die Straße erreichen, bevor das Auto vorbeigefahren war. Die Lichter kamen näher und näher, der Wald nahm kein Ende. Er rannte schneller, ohne Rücksicht auf Wurzeln oder Steine. Die Lichtkegel waren fast auf seiner Höhe, die Fahrbahn lag vor ihm. Reifen quietschten. Dann wurde es dunkel um ihn herum. >

Sören riss die Augen auf. Sein Brustkorb hob und senkte sich im Sekundentakt, Schweiß trat auf seine Stirn. Er war in Gefahr. Doch warum? Was hatte er verbrochen, dass jemand ihn töten wollten?

Die Tür öffnete sich und eine Schwester betrat das Zimmer. Sie kontrollierte die Apparate, dann gab sie ihm eine Beruhigungsspritze. Kurze Zeit später wurden seine Lider schwer wie Blei und sein Kopf sackte zur Seite.

<„Lass uns in die Scheune gehen", schrie Berit gegen das Gewitter an. Direkt vor der Tür sprang sie vom Fahrrad und lehnte es an die Wand.

„Aber hier ist Betreten verboten", entgegnete Sören.

„Ach was. Es wird schon nichts passieren. Sich hier unterzustellen ist allemal besser, als vom Blitz getroffen zu werden."

Knurrend folgte er ihr. Im Inneren war es stockdunkel, nur die Blitze warfen in regelmäßigen Abständen Licht durch die Löcher in der Mitte des Daches hinein. Überall regnete es herein, auf dem Boden hatten sich Pfützen gebildet.

„Ist das unheimlich", sagte Berit und bewegte sich an der Wand entlang.

„Ich dachte, es ist schon seit Jahren Betreten verboten. Aber es lagert tatsächlich noch jemand etwas hier. Die Kartoffelsäcke sind noch nicht alt." Sören leuchtete mit der Lampe seines Handys in eine Ecke.

„Was da wohl drin ist. Ich schau mal nach." Berit öffnete einen der Säcke. „Hier sind Äpfel drin. Hast du Hunger? Vielleicht müssen wir uns ja länger hier unterstellen."

„Nein danke. Ich bin noch satt vom Barbeque."

„Oder möchtest du eine Birne?" Sie hatte inzwischen den Nächsten geöffnet. *„Möchte mal wissen, wer das hier abgestellt hat. Was ist das denn? Sören, schau dir das an!"* Sie hielt eine durchsichtige Plastikfolie in die Höhe. *„Das sind bestimmt fünftausend Euro!"*

„Willst du mich veräppeln?"

„Nein. Sieh selbst."

Sören trat näher und leuchtete mit der Lampe auf das Päckchen. *„Tatsächlich."*

„Und hier ist noch viel mehr", rief Berit, die nach und nach in weitere Säcke schaute und Tüten hervorholte. *„Woher stammt wohl das Geld?"*

„Mich interessiert vielmehr, wieviel das ist?"

„Das sind bestimmt Millionen."

Die Geschwister sahen sich im Licht eines Blitzes an.

„Weißt du, was das bedeuten würde?", fragte Sören.

„Unsere Eltern könnten ihren Hof behalten und wären ihre Sorgen ein für allemal los. Und wir könnten uns jede Menge tolle Reisen leisten."

„Wir nehmen eine Million mit. Derjenige, der das Geld hier versteckt hat, hat noch genug. Da stehen noch mehr Säcke." Er nahm die Tüten, die Berit auf ein Fass gelegt hatte.

„Was ist, wenn das rauskommt? Der Besitzer wird uns umbringen."

„Wie soll das rauskommen? In dieser verlassenen Gegend bei dem Gewitter und um diese Uhrzeit hat uns mit Sicherheit niemand gesehen. Es gibt also keine Zeugen."

„Also gut. Nehmen wir es mit."

Ein Knarzen ließ beide herumfahren. Die Tür wurde geöffnet und eine kräftige Gestalt trat herein. In diesem Moment *erhellten mehrere Blitze den Innenraum und sie erkannten den Mann im gleichen Augenblick, als er sie erblickte. „Mein Gott. Dem gehört das Geld!?", entfuhr es Sören und schnappte sich die Tüten. „Wir müssen hier weg. Los, komm."*

Beide liefen an der Wand entlang zu einem kaputten Fenster. Er half Berit ins Freie und kletterte hinterher. Dabei schnitt er sich den rechten Unterarm an den Glassplittern auf und fluchte.

„Bleibt stehen!", brüllte der Mann hinter ihnen. Er war außen um die Scheune herumgekommen und verfolgte sie. Doch der füllige Kerl hatte Mühe, das Tempo zu halten. Seine Rufe verschluckte der nächste Donner.

„In den Wald! Zu den Fahrrädern schaffen wir es nicht", befahl Sören. „Wir müssen verdammt weit weg. Er wird uns den Rest unseres Lebens suchen."

Keuchend erreichten sie das Waldgebiet und rannten, als wäre der Teufel persönlich hinter ihnen her.>

Kapitel 27

Am Abend saßen Malin und Daniel in der Küche und aßen Pizza.

„Mein Vater ist aufgewacht. Es geht ihm soweit gut, aber ich komme da nicht weiter. Er verheimlicht mir etwas in Bezug auf die Pistole. Ich bin sicher, es hat mit unserem Fall zu tun. Als ich erwähnt habe, dass Harmsen erschossen wurde, hat er uns regelrecht rausgeschmissen. Entweder, er ist einer der Täter, oder er hat zufällig etwas mitbekommen."

„Eigentlich traue ich deinem Vater eine Täterschaft nicht zu. Dafür ist er sonst in allem, was er tut, zu korrekt."

„Das wäre auch nicht mein Vater, wie ich ihn kenne. Aber wer weiß, was dahinter steckt. Vielleicht wurde er gezwungen mitzumachen und wie Harmsen unter Druck gesetzt."

„Von Sören und Berit?"

„Das ist noch unvorstellbarer. Hast du eigentlich rausgefunden, wer der Halter der Limousine ist? Frida ist Berit übrigens begegnet, als sie von Düsterstedt nach Veendort lief. Und sie hat einen Mann Mitte vierzig mit blonden Haaren und später am Straßenrand ein dunkles Fahrzeug gesehen."

„Okay. Das Fahrzeug ist auf eine Autovermietung zugelassen. Mieterin ist eine Maike Jensen aus Kiel. Sie hat das Auto seit ein paar Wochen gemietet."

„Hast du ihre Adresse?"

„Ja. Und ich habe auch direkt im Netz recherchiert, aber nichts über sie gefunden."

„Der Name sagt mir gar nichts. Dann war es vielleicht doch das falsche Auto. Oder sie ist eine Bekannte von Ben. Wenn wir hier nicht weiterkommen, fahre ich dorthin und rede mit ihr. Aber jetzt mal was anderes: Ich habe oft überlegt, was in der Nacht nach dem Klassentreffen der Auslöser für das Verschwinden von Berit und Sören war. Der Überfall war schon ein Jahr her. Ich glaub, die Lösung ist in der alten Scheune zu finden. Sie haben dort nicht nur Schutz vor dem Gewitter gesucht. Das Gebäude ist alt und teilweise eingestürzt, das Betreten streng verboten. Was ist, wenn sie sich unerlaubter Weise drinnen umgesehen und etwas entdeckt haben, was sie nicht hätten sehen dürfen oder sie haben jemanden bei etwas überrascht." Malin schaute Daniel an.

Dieser zuckte mit den Achseln. „Möglich."

„Ich werde mir die Scheune mal von innen ansehen."

„Das kommt nicht in Frage. Das ist viel zu gefährlich."

„Dann werde ich nie rausfinden, was dort passiert ist. Ich passe schon auf. Keine Sorge."

„Dann komme ich mit."

Malin verdrehte die Augen. „Ich brauche keinen Aufpasser."

„Oh doch! Sonst bist du zu leichtsinnig. Außerdem könnte die schwarze Limousine dort auftauchen. Sie war oft da, wo du auch warst. Und damit du Bescheid weißt: Dieses Mal gebe ich nicht nach. Also, wann willst du los?"

Malin seufzte und sah auf die Uhr. „In einer Viertelstunde. Ich muss noch festes Schuhwerk anziehen und eine Taschenlampe holen. Es wird bald dämmrig."

„Okay. Ich bin gleich fertig."

Sie spurtete hinauf in ihr Zimmer, zog Halbschuhe an, griff nach der Lampe in der Schreibtischschublade und steckte sie ein. Dann öffnete sie die Tür zum Flur einen Spalt und lauschte. Sie wartete, bis Daniel im Bad verschwunden war und schlich auf Zehenspitzen die Treppe hinunter, nahm seinen und ihren Autoschlüssel vom Schlüsselbrett neben der Haustür und verließ das Haus. Als sie die Einfahrt in Richtung Straße hinabfuhr, sah sie im Rückspiegel, wie ihr Mitbewohner auf der Türschwelle stand und mit den Armen gestikulierte.

Malin schmunzelte. Pech gehabt! Kurz darauf klingelte ihr Handy. Sie schaltete die Freisprecheinrichtung ein.

„Das ist nicht komisch", schimpfte Daniel.

„Ich kann auf mich selber aufpassen."

„Hör zu. Ich habe keine Lust, dich unter einem Haufen Schutt zu suchen oder dich mit einer Kugel im Kopf im Wald zu finden."

„Brauchst du auch nicht. Das machen dann andere. Ich muss jetzt auflegen. Bis nachher." Malin drückte ihn weg.

Zwanzig Minuten später parkte sie den Wagen am Straßenrand. Weit und breit war niemand zu sehen. Die letzten dreihundert Meter musste sie zu Fuß weiter, da die Scheune an einem Feldweg lag. Als sie aus dem Auto stieg, wehte ihr ein kräftiger Wind entgegen. Sie zog ein Haargummi aus der Jackentasche, flocht einen Zopf und ging zu dem verfallenen Gebäude.

Die schwarze Limousine hielt in sicherer Entfernung hinter Malins Wagen halb verdeckt von Sträuchern. Der Fahrer beobachtete, wie sie sich der Scheune näherte. Wenn sie das Versteck entdeckte, müsste er sich etwas einfallen lassen. Verdammt! Er konnte sie nicht direkt kalt machen, er brauchte sie.

Sie hatte Sören zwar gefunden, doch so lange seine Erinnerung nicht zurückkam, nützte es ihm nichts. Sie musste erst das Geld finden. Er nahm seine Waffe aus dem Handschuhfach, steckte sie in den Hosenbund und folgte ihr mit Abstand. Wenn er und die anderen die Beute hatten, würde er sie alle töten: Malin, ihren Vater und ihren Ex-Freund. Sie wussten zu viel.

Daniel setzte sich auf den Arbeitsstuhl hinter seinem Schreibtisch. Er drehte sich einmal um die eigene Achse und trat dann gegen ein Tischbein. Warum war Malin so stur und nahm seine Hilfe nicht an? Wenn sie von einem herabstürzenden Dachteil getroffen und verletzt oder vom Fahrer der Limousine überfallen werden würde …

Er sah auf sein Smartphone. Sollte er sie nochmal anrufen und ihr ins Gewissen reden? Nach kurzer Überlegung verwarf er diesen Gedanken. Malin würde sich kontrolliert fühlen und ihn zurechtweisen. Das wollte er nicht riskieren. Und am Ende würde sie Ben um Hilfe bitten. Diesen Angeber mit seinem Palaver von der High Society. Hoffentlich ließ sie sich nicht von ihm beeindrucken. Sonst hatte er keine Chance mehr.

Daniel startete seinen Rechner. Mal sehen, was er über diesen Ben im Netz in Erfahrung bringen konnte. Er gab den Namen in eine Suchmaschine ein. Vielleicht würde er in den sozialen Netzwerken fündig. Eine Weile klickte er sich durch die gängigen Seiten, aber dieser Ben tauchte nirgendwo auf. Es war, als hätte er keine Spuren hinterlassen. Doch Daniel ließ nichts unversucht, um etwas über ihn herauszufinden. Wer war der Kerl, gegen den er um Malin kämpfte?

Eine Weile suchte er vergeblich und wollte aufgeben, als er

plötzlich auf die Homepage eines Sportvereins in Kiel stieß, bei dem Ben Mitglied war. Dort stand, dass er in Veendorf aufgewachsen und im Teenageralter in die Stadt gezogen war. Als er dann das Foto von Malins Schulfreund sah und den dazugehörigen Artikel las, fuhr ihm der Schreck durch alle Glieder: Sie war in Lebensgefahr.

„Einsturzgefahr! Betreten strengstens verboten!"
Das gelbe Schild hing an einem Pfahl am Zugang des Grundstücks. Malin warf einen kurzen Blick darauf, dann ging sie ohne zu zögern daran vorbei und kletterte über den Holzzaun, mit dem man den Weg versperrt hatte.
Die Eingangstür an der linken Seite des Gebäudes schien intakt zu sein, im Gegensatz zum Rest der Scheune. Das Vorhängeschloss lag zerstört im hohen Gras neben der Tür. Malin sah sich um. Sie war allein. Kurzentschlossen öffnete sie die Tür. Das Knarzen in der Stille ließ sie schaudern.
Im Inneren roch es nach Verfall: feucht und modrig. Das Dach war teilweise eingestürzt, verrottete Dachbalken lagen wie achtlos hingeworfene Mikadostäbe übereinander auf dem Boden. Durch die Öffnungen war Regenwasser eingedrungen und hatte Pfützen zwischen dem Schutt gebildet. Ein Blick nach oben und Malin sah ein, dass Daniel sich Sorgen machte: Die Überreste des Dachs hingen herunter und drohten abzubrechen. Doch Umdrehen war keine Option. Sie war sicher, hier den Grund für das Verschwinden ihrer Freunde zu finden.
Die Lichtverhältnisse waren unterschiedlich. Durch die kleinen Fenster und durch die Löcher in der Dachkonstruktion fiel in einigen Bereichen spärliches Licht auf den Scheunenboden. Im restlichen Teil war es dunkel.

Plötzlich sah Malin aus den Augenwinkeln eine Bewegung. Ein Schatten schoss dicht an ihr vorbei. Sie duckte sich und warf die Hände über den Kopf. Als sie sich aufrichtete, entschwand eine Eule durch das offene Dach. Sie atmete durch. Dann war es wieder still.

Die Privatermittlerin holte die Taschenlampe aus der Jackentasche und leuchtete die Scheune aus. Überall war der Putz von den Wänden gebröckelt, die Fensterscheiben waren rausgebrochen. In einer Ecke erkannte sie die Umrisse mehrerer Säcke. Von weitem sahen sie wie Kartoffelsäcke aus. Die musste sie sich aus der Nähe ansehen. Sie kletterte über Dachbalken und einen Haufen Schutt, verlor das Gleichgewicht, ruderte mit den Armen und schaffte es gerade noch, sich auf den Beinen zu halten und die andere Seite zu erreichen. Der Stoff roch muffig und der Dreck vieler Jahre klebte an ihnen. Malin zog Handschuhe aus ihrer Jackentasche, öffnete mit gerümpfter Nase den Ersten und leuchtete hinein. Er war halbvoll mit Kastanien gefüllt. Sie holte eine heraus und runzelte die Stirn. Sie war recht frisch. Wer lagerte in einer halb verfallenen Scheune Esskastanien? Und vor allem, was hatte das für einen Grund?

Sie wollte den Sack wieder schließen und in den nächsten schauen, als sie im Schein der Lampe den Zipfel einer Plastiktüte erblickte. Sie zog daran, doch es war nicht einfach, diese herauszuziehen. Malin riss mit beiden Händen und es gelang ihr, die schwarze Mülltüte hervorzuholen. Der Inhalt war weich, sie konnte ihn biegen wie ein Buch. Die Tüte war sorgfältig zugeklebt, so dass keine Feuchtigkeit nach innen drang. Die Privatermittlerin löste die Klebestreifen und griff hinein. Als sie ihre Hand wieder hinauszog, kam ein Stapel

Geldscheine zum Vorschein. Sie drehte und wendete drei Bündel mit 50-Euro-Scheinen hin und her. Daraufhin schüttete sie den Inhalt der Tüte auf den Boden. Zahlreiche Päckchen mit 5er, 10er, 20er, 50er und 100er Noten fielen heraus. Dann durchwühlte sie erneut den Sack mit den Kastanien und entdeckte weitere Mülltüten. Hatten Berit und Sören das Geld hier gelagert? War sie nach Veendorf zurückgekehrt, um Nachschub zu holen? Nein, das wäre unlogisch: Sie hatten noch einhunderttausend Euro versteckt, zudem barg es ein Risiko zurückzukommen.

Das Knarzen der Tür ließ Malin zusammenfahren. Sie hielt die Luft an. Hatte sie jemand beim Betreten der Scheune beobachtet? Vielleicht Berits Mörder? Oder war ihr Daniel mit dem Fahrrad gefolgt? Sie atmete auf, als sie im dämmrigen Licht sah, wer hereintrat.

„Mensch Ben, hast du mich erschreckt!"

„Ich war auf dem Weg zu einem Bekannten mit dem ich in den Kindergarten gegangen bin, da habe ich dein Auto am Feldweg stehen sehen. Du gingst gerade Richtung Scheune. Es ist viel zu gefährlich, sich hier drinnen aufzuhalten. Außerdem ist es verboten. Was willst du hier?", fragte er und kletterte über die herabgestürzten Dachbalken zu ihr herüber.

„Berit und Sören haben sich am Abend ihres Verschwindens eine Viertelstunde hier aufgehalten. Ich habe zuerst gedacht, sie hätten sich wegen des Gewitters untergestellt. Irgendwie ließ es mir keine Ruhe, dass sie kurz nachdem sie bei der Scheune waren, verschwunden sind. Deshalb wollte ich mich umsehen. Und schau mal, was ich gefunden habe! Jede Menge Geld. Und ich hab noch nicht einmal alle Säcke durchgesehen."

„Wow. Das sind ja zehntausende Euro. Meinst du, die beiden haben das hier versteckt? Aber woher sollten sie so viel Geld haben?"

„Ich vermute, das ist Geld aus dem Überfall auf den Geldtransporter vor vier Jahren."

„Was? Das kann ich mir nicht vorstellen. Die beiden sind doch keine Mörder!"

„Mir fällt es auch schwer, das zu glauben. Aber wir haben Hinweise dafür, dass Berit und Sören Geld aus dem Überfall besaßen. Ich verstehe allerdings nicht, warum hier noch so viel Geld liegt! Vielleicht konnten sie an dem Abend auf ihrer Flucht nicht alles mitnehmen."

„Mensch, das ist schräg. Bei uns auf dem Land wird ein Geldtransporter überfallen und zwei Schulkameraden hängen mit drin. Das ist ja wie im Krimi. Wir müssen die Polizei verständigen! Oder hast du das schon?"

„Nein, noch nicht. Aber es wird langsam Zeit. Mir wird die Sache zu heiß. Ich habe das Gefühl, ich werde verfolgt. Harmsen wollte mir die Täter nennen. Aber er wurde erschossen, bevor er es mir sagen konnte. Und es gab ja insgesamt fünf Täter …"

In diesem Moment klingelte Malins Handy. Sie schaute auf das Display. Es war Daniel. Sollte sie rangehen? Nein, besser nicht. Wenn er wüsste, dass Ben hier war, wäre er beleidigt. Sie würde ihm später alles erklären, nachdem sie die Polizei eingeschaltet hatte. Sie drückte ihn weg.

„Du hast vollkommen Recht. Falls das das Geld aus dem Überfall ist, haben wir es mit skrupellosen Verbrechern zu tun. Die können hier jeden Augenblick auftauchen", pflichtete Ben ihr bei.

Wieder klingelte Malins Smartphone und wieder war es Daniel. Es musste sich um etwas Wichtiges handeln. „Entschuldige. Ich geh da eben dran", sagte sie zu Ben. Dann drehte sie sich um und ging ein paar Schritte. „Was gibt's?", meldete sie sich nach kurzem Zögern.

„Bist du noch in der Scheune?"

„Ja und du wirst nicht glauben, was ich …"

„Egal. Nicht so wichtig", unterbrach er sie mit zitternder Stimme. „Ich habe etwas Unglaubliches rausgefunden. Du musst sofort da weg und die Polizei rufen."

„Was ist denn los? Du klingst so aufgeregt." Malin deutete Ben mit einer Geste an, dass sie noch einen Moment brauchte.

„Ich habe über Ben recherchiert, weil er mir von Anfang an total unsympathisch war. Aber dieser Typ, den du mir vorgestellt hast, ist nicht dein früherer Schulfreund. Der ist bei einem Autounfall vor einem halben Jahr ums Leben gekommen."

„Sag mal spinnst du? Was soll diese Spioniererei? Natürlich ist er es, du irrst dich", zischte Malin.

„Nein, das tue ich nicht. Nachdem ich einen Nachruf auf der Homepage eines Sportvereins entdeckt habe, habe ich weitere Nachforschungen angestellt. Es ist sicher. Ich weiß nicht, wer dieser Typ ist. Ich kann das Prepaid-Handy zwar nicht orten, es ist ausgeschaltet, aber wahrscheinlich ist er der Fahrer der schwarzen Limousine. Du musst sofort weg, bevor er dich dort entdeckt."

„Ich …" Ein Klicken dicht neben ihrem Ohr ließ Malin erstarren. Langsam senkte sie die Hand mit dem Handy und drehte den Kopf zur Seite. Ben richtete eine Waffe auf sie. Er kam einen Schritt auf sie zu und entriss ihr das Smartphone.

„Malin? Was ist los? Warum sagst du nichts?", rief Daniel.

Ben warf das Gerät zu Boden und trat mit dem Fuß darauf, bis es zerstört war.

„Wer bist du? Du weißt so viel über mich und meine Schulzeit", fragte sie tonlos. Ihr Hals war trocken.

„Ich habe mich eben sehr gut vorbereitet. Du wirst noch früh genug erfahren, wer ich bin." Er holte sein Handy hervor und wählte eine Nummer. „Ich hab sie. Wir sind in der Scheune. Jemand von euch muss sich sofort um diesen Nerd kümmern. Sonst rennt er zur Polizei und schickt eine Hundertschaft her. Er weiß zu viel."

„Was soll das?"

„Du wirst uns helfen, die Million zu finden, die Sören und Berit uns gestohlen haben."

„Du bist einer der Geldräuber!? Pah, ich habe sowieso nie geglaubt, dass meine Freunde so etwas getan haben. Sie sind keine Verbrecher."

„Nein, für einen Überfall waren sie nicht tough genug. Aber sie waren so hinterhältig und haben uns bestohlen."

„Wie soll ich das Geld finden? Sören hat bei dem Unfall sein Gedächtnis verloren. Ich weiß nicht, wo der Rest ist. Einen Teil hast du mir ja schon im Wald abgenommen."

„Du bist doch so clever, lass dir was einfallen. Los, komm mit."

Er griff sie hart am Arm und zog sie Richtung Ausgang.

„Was hast du mit mir vor?"

In diesem Moment ging die Tür auf. Bens Kopf flog herum. Reflexartig richtete er die Waffe auf den Eingang. Malin trat ihm die Pistole aus der Hand. Sie fiel zu Boden, wo sie zwischen dem Schutt ins Dunkle verschwand.

„Gott sei Dank, Enno! Ich war noch nie so froh, dich zu sehen. Du musst mir helfen. Der Kerl hier bedroht mich", rief sie und entfernte sich ein paar Schritte von Ben.

„Ach, tut er das? Was bist du für ein böser Junge, Markus", sagte der Nachbar ihrer Eltern spöttisch und kam grinsend näher. Hinter ihm tauchten mit Hauke und Ole zwei weitere Bauern aus Veendorf, auf.

„Ihr kennt euch?" Malin schaute von einem zum anderen.

„Natürlich kennen wir uns. Er ist der Sohn meiner Schwester." Enno stellte sich neben Ben und klopfte ihm auf die Schulter.

„Der Kriminelle ist dein Neffe? Er hat sich als Ben Husmann ausgegeben. Was soll das ganze Theater? Was geht hier vor?", fragte Malin und wich immer weiter zurück, bis sie mit dem Rücken an der Wand stand. Die Männer kamen näher. Sie tastete mit den Händen rechts und links nach einem lockeren Ziegelstein, mit dem sie sich verteidigen könnte. Vergeblich. Sie saß in der Falle. „Ihr steckt alle unter einer Decke!"

„Du hast verdammt lang gebraucht, bis du darauf gekommen bist", entgegnet Enno grinsend.

„Ihr habt zusammen den Geldtransporter überfallen!"

Markus klatschte sekundenlang in die Hände. „Schlaues Kind."

„Ihr habt einen unschuldigen Familienvater erschossen. Er hatte kleine Kinder! Habt ihr denn gar keine Skrupel?"

„Er wollte Hilfe rufen. Da musste ich das Problem beseitigen", entgegnete er achselzuckend.

„Und Harmsen? Wie habt ihr ihn dazu gebracht, die ganzen Jahre zu schweigen?"

„Der hatte so viel Schiss, dem brauchten wir nur ein bisschen zu drohen. Aber dann ist er eingeknickt. Er wollte dir die

Wahrheit sagen. Deshalb musste ich ihn erschießen."

„Woher wusstest ihr, dass er mir das sagen wollte? Ich habe dir nichts erzählt."

„Tja. Nicht nur dein Ex, sondern auch mein Neffe ist IT-Spezialist und technisch begabt. Er hat am Abend nachdem du aus der Rechtsmedizin zurück warst, einen Peilsender an deinem Auto befestigt und ist dir wie ein Schatten gefolgt. Somit wussten wir über jeden deiner Schritte Bescheid", erklärte Enno und klopfte Markus auf die Schulter.

„Dann fährst du nicht nur den roten Sportwagen, sondern auch die schwarze Limousine."

„Richtichhh …", sagte Markus spöttisch.

„Also keine Yacht und keine Dienstreisen rund um die Welt." Er hob entschuldigend die Schultern.

„So ein cleverer IT-Spezialist bist du aber auch nicht. Sonst hättest du dir denken können, dass Daniel überprüft, welche Handynummern an den Orten, wo etwas geschehen ist, eingeloggt waren. So sind wir nämlich auf das Prepaid-Handy gestoßen, das ja scheinbar dir gehört. Vielleicht hat Daniel es ja jetzt hier geortet und schickt die Polizei …"

„Halt's Maul, sonst…", fuhr Markus sie an.

„Das glaube ich nicht. Hein kümmert sich gerade um ihn", warf Enno ein.

„Hein hängt auch mit drin?" Malins Kehle schnürte sich zu. „Und jetzt? Ihr werdet mich nicht einfach gehen lassen, nachdem ich hinter euer Geheimnis gekommen bin."

„Erstmal wirst du uns helfen, das zu finden, was uns gestohlen wurde."

Daniel durchwühlte sämtliche Schränke in seinem Arbeitszimmer. Die Zeit lief ihm davon.

„Verdammt! Irgendwo muss dieser blöde Reserveschlüssel doch sein!", fluchte er und knallte die letzte durchsuchte Schublade zu.

Er nahm sein Smartphone und suchte im Internet nach der Telefonnummer eines Taxiunternehmens. Bevor er anrufen konnte, klingelte es an der Haustür. Er zuckte zusammen. War es Malin? Hatte sie ihren Schlüssel vergessen? Er lief die Treppe hinunter und riss die Tür auf. Vor ihm stand Bauer Hein, ihr Nachbar.

„Du kommst genau richtig. Bist du mit dem Auto da?" Er sah an ihm vorbei. Der Pick-up des Landwirts parkte neben seinem Sportwagen. Er steckte das Handy in die Hosentasche.

„Ähm, wieso?", fragte dieser.

„Erkläre ich dir unterwegs. Los, fahr mich zur Scheune." Daniel riss den Haustürschlüssel vom Schlüsselbrett, schob Hein von der Türschwelle und verschloss die Tür. Zielstrebig ging er zum Pick-up, öffnete die Beifahrertür und setzte sich hinein. „Los! Worauf wartest du?"

Der Bauer zögerte und stieg ein.

„Jetzt fährst du mich zu der verfallenen Scheune bei Mahrhusen. Und zwar schnell."

Hein wendete und fuhr zur Hauptstraße zurück. Dort bog er nach links ab. „Was willst du da?"

Daniel erklärte ihm, dass Malin höchstwahrscheinlich in Gefahr sei. Dann zog er sein Handy aus der Hosentasche.

„Was hast du vor?" Hein sah ihn von der Seite an.

„Ich rufe die Polizei."

Ein Klicken ließ Daniel zusammenfahren. Im Dunklen erkannte er schemenhaft die Pistole, die sein Nachbar auf ihn gerichtet hatte.

„Spinnst du? Was soll das?"

„Pack sofort das Handy weg!"

„Malin ist in Gefahr. Ich muss …"

„Weg mit dem Handy!", brüllte er und hielt Daniel die Waffe an die Schläfe.

Wie ferngesteuert steckte der IT-Spezialist das Smartphone zurück in die Tasche. „Wenn du mir die Pistole an den Kopf hältst und ich nicht die Polizei rufen darf, dann hat Malin also tatsächlich etwas in der Scheune entdeckt."

„Schnauze."

„Mensch, Hein. Was hast du vor? Willst du mich umbringen?"

„Du sollst die Schnauze halten, hab ich gesagt!"

„Hat das Ganze mit dem Überfall auf den Geldtransporter vor vier Jahren zu tun? Weißt du was über den Tod von Berit Jacobsen? Was hast du damit zu tun?"

Daniel bemerkte zu spät, dass Hein ausholte und ihn mit der Pistole auf den Kopf schlug. Um ihn herum wurde es dunkel.

„Jetzt verstehe ich auch die Entführung von Ella Jacobsen! Das wart auch ihr! So wolltet ihr Sören dazu zu bringen, euch das Geld zurückzugeben."

„Aber das hat leider nicht funktioniert. Er hat ja sein Gedächtnis verloren", entgegnete Enno.

„Wo ist Ella? Wie geht es ihr?"

„Das geht dich nichts an!"

„Lebt sie noch? Oder habt ihr sie getötet?"

„Schnauze! Du kümmerst dich jetzt gefälligst darum, dass die

Million wieder auftaucht."

„Verdammt! Ich weiß nicht, wo das Geld ist!"

„Dann finde es raus! Du hast vierundzwanzig Stunden. Sonst stirbt der erste aus deiner Familie."

Malins Brustkorb zog sich zusammen. Diese Schwachköpfe würden ihre Drohung, ohne mit der Wimper zu zucken, wahr machen. „Dann habt ihr Verbrecher auch meinen Vater ins Koma geprügelt. Warum? Was hat er euch getan?"

„Henrik ist ein Waschlappen. Als wir den Überfall geplant haben, sollte er mitmachen. Er gehörte ja zu uns. Aber er wollte nicht."

„Verständlich! Er ist kein skrupelloser Verbrecher! Er hätte sich sonst nicht mehr im Spiegel anschauen können!"

„Nach Berits Tod hat er mir gedroht zur Polizei zu gehen. Da mussten wir ihm einen Denkzettel verpassen."

„Ihr Schweine! Er hätte sterben können!"

„Das sagst du nicht nochmal", drohte Enno.

Ein brennender Schmerz durchfuhr Malins linke Gesichtshälfte. Blut schoss aus ihrer Nase, lief über Lippen und Kinn den Hals hinunter. Sie fuhr sich mit dem Ärmel ihrer Jacke durchs Gesicht.

„Was seid ihr nur für Menschen? Ihr wart mal befreundet!"

„Es wäre ihm nichts passiert, wenn er nicht auf einmal den Moralischen gekriegt hätte, als man die kleine Jacobsen gefunden hat."

„Warum habt ihr sie umgebracht!"

„Nachdem ich Sören fast geschnappt hatte und der Blödmann vor ein Auto gelaufen ist, wollte sie zu dir. Ich hab sie abgefangen, um aus ihr herauszubekommen, wo das restliche Geld ist. Sie wollte es mir nicht verraten, dabei ist sie dann bedauerlicherweise gestürzt", sagte Markus und zog seine Pistole aus dem Schutt hervor.

Ennos Handy klingelte. „Hein! Was gibt's? Hast du den Nerd zum Schweigen gebracht?" … „Das ist gut." … „Was? Scheiße." Er steckte das Smartphone wieder weg. „Hein hat ihrem Ex eins übergebraten. Er wird ihn jetzt im Wald entsorgen."

„Ihr Arschlöcher! Fahrt zur Hölle", schrie Malin. Das Adrenalin schoss durch ihren Körper. Sie prügelte mit den Fäusten auf Enno ein.

„Hör auf, du Schlampe." Er versetzte ihr einen Stoß vor den Oberkörper, so dass sie an die Wand prallte. Sie schlug mit dem Kopf gegen die Ziegelsteine und sackte zu Boden. Die Privatermittlerin stöhnte auf, fasste sich an den Hinterkopf. Ihre Hand war voller Blut.

„Wir müssen hier weg. Hein hat den Polizeifunk abgehört. Die Bullen sind auf dem Weg hierher. Der Nerd muss sie gerufen haben."

Die Bauern eilten zur Tür. Markus packte Malins Arm, zog sie hoch und riss sie mit sich.

„Lass mich los. Ihr habt sowieso keine Chance."

„Halt die Klappe." Er drückte ihr den Lauf seiner Pistole in die Seite und schob sie aus der Scheune heraus.

Der Vollmond schien so hell, dass Malin die Bauern in den gegenüberliegenden Wald laufen sah.

„Beeil dich gefälligst." Markus wollte ihnen folgen.

Sie stolperte über Steine und Wurzeln, hielt sich nur mit Mühe auf den Beinen.

„Ich kann nicht mehr", keuchte sie nach ein paar hundert Metern.

„Los, weiter", befahl er, als sie langsamer wurde, und packte sie hart am Arm.

„Nein." Die Privatermittlerin bündelte all ihre Kräfte und blieb stehen.

„Spinnst du? Ich habe keine Lust wegen dir in den Knast zu wandern."

„Dafür bist du ganz allein verantwortlich."

Plötzlich sah sie aus den Augenwinkeln einen Schatten vorbeihuschen. Das musste Hein sein. Ihr Körper verkrampfte sich. Gegen zwei Verbrecher hatte sie nicht den Hauch einer Chance.

„Lass sie los! Sofort!", rief Daniel mit drohendem Unterton.

Markus Kopf fuhr herum, gleichzeitig legte er Malin den linken Arm um die Brust und setzte ihr die Pistole an die Schläfe. Ihr Ex-Freund stand ihnen rund fünf Meter entfernt gegenüber. Die Pistole in seiner Hand schimmerte im Mondlicht.

„Waffe weg, sonst knall ich sie ab", brüllte Markus.

„Lass sie los, habe ich gesagt." Daniel kam näher.

Der Verbrecher entsicherte die Pistole.

Malin hielt die Luft an. Eine falsche Bewegung, ein Zucken in seinem Finger und die Patrone durchbohrte ihren Schädel.

„Lass den Scheiß. Oder willst du noch einen Mord auf dem Gewissen haben?" Daniel senkte die Hand.

„Geht doch", sagte Markus und richtete seine Waffe auf den IT-Spezialisten. „Du bist als erster dran."

Plötzlich ein Knacken im Gehölz neben ihnen. Der Verbrecher drehte sich reflexartig zur Seite. Dann fiel ein Schuss.

Markus schrie auf, fasste sich an die Schulter und sackte auf die Knie. „Du Scheißkerl."

Malin nahm ihm blitzschnell die Pistole ab und trat ein paar

Schritte zurück. Daniel war mit einem Satz bei ihnen und bedrohte ihn mit der Waffe. „Du Arschloch bleibst schön da unten, bis die Polizei da ist."

„Fuck, fuck, fuck", fluchte Markus. „Das werdet ihr bereuen. Enno und die anderen werden euch fertig machen."

„Jetzt habe ich aber Angst. Da kommt übrigens gerade die Polizei. Die wird sich um die drei kümmern."

„Halt die Fresse."

„Ich konnte dich von Anfang an nicht leiden. Als Malin zur Scheune wollte, habe ich ein bisschen recherchiert und festgestellt, dass der echte Ben tot ist. Du hast deine Hausaufgaben nicht gut gemacht."

„Mensch, Daniel. Ich habe gedacht, du wärst tot. Enno hat gesagt, Hein würde dich im Wald begraben. Wie bist du ihm entkommen? Was ist überhaupt passiert?"

Er erzählte ihr vom Besuch des Nachbarn und der Fahrt zur Scheune. „Als er mir befohlen hat das Handy wegzustecken, habe ich unbemerkt den Notruf gewählt und es angelassen. Ich habe Hein gezielte Fragen gestellt, bei der ich die Scheune erwähnt habe und dass er mich mit der Pistole bedroht. Die Polizei konnte alles mithören. Dann hat unser Nachbar mir eins übergezogen und ich bin weggetreten. Der Idiot war sich so sicher, dass er mich ausgeschaltet hatte, dass er die Pistole in die Mittelkonsole gelegt hat. Ich bin aber ziemlich schnell wieder aufgewacht, und als er dann angehalten hat, habe ich den Spieß umgedreht, die Waffe genommen, ihn bedroht und schließlich im Auto eingesperrt."

„Wir sind hier!", rief Malin, als die Polizeiwagen vor der Scheune hielten und die Beamten ausstiegen.

Ein Lichtkegel traf sie und bewaffnete Polizisten kamen auf sie zu.

„Hier ist einer der Täter. Er hat eine Schussverletzung. Drei sind in den Wald gelaufen."

„Der fünfte ist vorne in dem Pritschenwagen eingesperrt", ergänzte Daniel.

Zwei Beamte halfen dem jammernden Markus auf die Beine und führten ihn zu dem gerade eingetroffenen Krankenwagen. Daniel und Malin folgten ihnen. Die Sanitäter eines zweiten Rettungswagens brachten sie ins Krankenhaus, damit ihre Wunde am Hinterkopf versorgt werden konnte. Ihr Ex-Freund begleitet sie und blieb bei ihr, bis klar war, dass sie keine schweren Verletzungen davongetragen hatte. Dann erst fuhr er nach Hause, während die Privatermittlerin eine Nacht zur Beobachtung dort bleiben sollte.

Kapitel 28

Nach der Entlassung aus dem Krankenhaus und der anschlie-
ßenden Befragung bei der Polizei, fuhr Malin mit dem Taxi
nach Hause. Sie war erleichtert, dass ihr Vater nicht in den
Überfall verwickelt war. Dennoch nahm sie ihm übel, dass er
nicht mit ihr geredet hatte. Auf der einen Seite konnte sie
nachvollziehen, dass er Angst vor der Rache der skrupellosen
Bauern gehabt hatte, andererseits hätte der Tod zweier Menschen verhindert werden können.

Als der Fahrer in die Einfahrt zu ihrem Haus einbog, sah sie
sofort, dass Daniels Auto nicht an seinem Platz stand. Malin
sackte in sich zusammen. Sie hatte gehofft, dass er da war. Sie
brauchte jemanden, mit dem sie über das Geschehene sprechen konnte. Jemanden, der ein guter Zuhörer war, nicht in
Veendorf aufgewachsen und somit neutral.

Die Privatermittlerin zahlte, stieg aus dem Taxi und ging zum
Haus. Ein ungutes Gefühl überkam sie, als sie in den Flur trat.
Es war so ruhig im Inneren, dass die Stille erdrückend wirkte.
Sie war es gewohnt, dass Daniel da war, wenn sie aus dem
Büro kam. Er arbeitete – bis auf gelegentliche Ausnahmen –
von zuhause aus: im Sommer auf der Terrasse, im Winter im
Wohnzimmer vor dem Kamin.

Sie hängte ihre Jacke an der Garderobe im Flur auf und ging
in die Küche, um ein Glas Wasser zu trinken. Dort stutzte sie.
Der neue Kaffeevollautomat, den Daniel vor ein paar Wochen
gekauft hatte, fehlte. Was war passiert? War er defekt und er

brachte ihn zur Reparatur? Oder wurde während ihrer Abwesenheit eingebrochen?

Sie schaute sich in der Küche um. Ihre teure Küchenmaschine stand wie gewohnt am Rand der Arbeitsplatte. Im Wohnzimmer waren Stereoanlage, Flachbildschirm und ihr Laptop ebenfalls an ihren Plätzen. Als sie den Raum wieder verließ, um im Obergeschoss nachzusehen, fiel ihr Blick auf den Couchtisch. Dort lag ein weißes Blatt, darauf ein Schlüssel. Sie hob beides auf und las Daniels Brief.

Liebe Malin,
als Hein mich bedroht hat, hatte ich Angst, es nicht rechtzeitig zu dir in die alte Scheune zu schaffen.

Ich habe mir geschworen, dir deinen größten Wunsch zu erfüllen, wenn wir überleben. Du sollst das Haus bekommen. Deshalb werde ich ausziehen, bevor du aus dem Krankenhaus zurückkommst. Ich werde alles Nötige in die Wege leiten, dass es auf deinen Namen umgeschrieben wird.

Meine Hoffnung, dass du mir eine zweite Chance gibst, hat sich nicht erfüllt. Ich weiß, dass du Recht hast mit dem, was du mir vorwirfst: Ich bin ein Nerd. Aber ich habe dich immer geliebt. Doch Gefühle kann man nicht erzwingen. Auch in dieser Hinsicht ist es das Beste, wenn ich gehe. Ich werde erstmal bei einem Freund unterkommen und habe nur ein paar meiner Sachen mitgenommen. Den Rest werde ich in den nächsten Tagen holen, wenn du im Büro bist.

Daniel

Malin ließ das Blatt sinken, hielt den Schlüssel fest umschlossen. Das Wohnproblem war gelöst.

Tränen tropften auf das Papier, die blaue Tinte verlief. Ihr Blick verschwamm. Mit allem hätte sie gerechnet, damit jedoch nicht. Sie hatte immer versucht, ihn zu ändern, aber war er nicht ein großartiger Mensch, so wie er war?

Sie wählte seine Nummer und ging im Zimmer auf und ab.

„Ja", meldete er sich nach einer gefühlten Ewigkeit.

„Komm zurück."

Epilog

In der Nacht hatte ein Polizeihubschrauber das Gebiet um die Scheune herum mit einer Wärmebildkamera abgesucht. Der Besatzung war es gelungen, die drei flüchtigen Bauern aufzuspüren, so dass die Kollegen am Boden sie festnehmen konnten. Die Landwirte, alle stammten aus Veendorf, hatten den Überfall auf den Geldtransporter gestanden. Die Idee war entstanden, als Enno Carstensen zufällig beim Besuch bei seiner Hausbank mitbekam, an welchem Tag Geld angeliefert werden würde. Da die Höfe der Bauern seit langem nicht mehr genug abwarfen und sie oft Schwierigkeiten hatten, ihre Kredite zu bedienen, sah er in dem Raub die Möglichkeit, finanziell unabhängig zu werden. Er und Hein täuschten einen Sturz mit dem Motorrad und schwere Verletzungen vor. Enno war bekannt, dass Fahrer von Geldtransportern nicht aussteigen durften. Ihm war aber auch bekannt, dass Harmsen diese Route meistens fuhr. Als dieser die Landwirte erkannte, überzeugte er seinen Kollegen, dass sie anhielten, um zu helfen. Nachdem die beiden ausgestiegen waren, traten zwei weitere Bauern und Markus maskiert aus dem Wald. Die „Unfallopfer" standen auf und zogen sich ebenfalls Mützen über, damit ihre Gesichter nicht auf den Videoaufzeichnungen zu erkennen waren. Der Beifahrer zog seine Waffe, doch Ennos Neffe war schneller und schoss. Enno nahm Harmsen beiseite und zwang ihn, die Koffer mit dem Geld herauszugeben. Mit der Drohung, seinen Kindern etwas anzutun, falls er bei der

Polizei aussagen würde, verschwanden sie.

Alles lief für Markus und die Bauern wie geplant. Jeder erhielt pro Monat einen festgelegten Betrag. Damit bezahlten sie die Raten für ihre Kredite und führten ab und zu Reparaturen auf den Höfen durch. Ihr Plan wurde jäh durchkreuzt, als Sören und Berit zufällig das Versteck entdeckten und ihnen eine Million Euro stahlen. Enno hatte sie in der Scheune erwischt, als er Nachschub holen wollte. Er war davon ausgegangen, dass bei dem Gewitter niemand unterwegs war. Er versuchte, die beiden zu töten, sie entwischten ihm und tauchten unter. Als die Jacobsens nach drei Jahren immer noch nicht insolvent waren, stand für ihn fest, dass die Geschwister ihre Eltern unterstützten, und vermutete, dass ihnen der Aufenthaltsort ihrer Kinder bekannt war. Enno setzte daraufhin seinen Neffen, einen IT-Spezialisten, auf Berit und Sören an. Er sollte das Geld zurückbringen. Markus gab sich bei den Jacobsens als Mitarbeiter ihres Telefonanbieters aus, der den Anschluss überprüfen musste, und schaffte es, eine Wanze im Telefon einzusetzen. Darüber hörte er deren Anrufe mit. Es dauerte mehrere Monate, bis er den ungefähren Aufenthaltsort von Berit und Sören herausgefunden hatte, da sie immer aus drei der selten gewordenen Telefonzellen anriefen. Wochenlang hielt er sich abwechselnd in der Nähe der verschiedenen Zellen auf, um die Geschwister aufzuspüren. So lange, bis sie sich wieder zu Hause meldeten. Anschließend observierte er die beiden und hoffte, sie würden ihn zum Geldversteck führen. Als das nach zwei Wochen nicht geschah, verlor Markus die Nerven. Er schrieb eine Drohung und verfolgte Sören, um ihn zuerst einzuschüchtern und dann notfalls mit Gewalt das Versteck des restlichen Geldes aus ihm herauszubekommen. Allerdings hatte er unüberlegt gehandelt und Sören derart in Panik versetzt, dass er vor ein Auto lief.

Als Berit nach Sörens Unfall nach Veendorf floh, war er ihr gefolgt und fing sie auf dem letzten Stück ab. Doch sie verriet ihm nicht, wo die Beute war. Er packte sie drohend am Kragen, und als er sie wieder losließ, stolperte sie und fiel mit dem Kopf auf einen Stein. Sie war sofort tot. Um ihren Bruder und das Geld zu finden, hatte Enno Carstensen die Idee, Markus als Malins ehemaligen Schulkamerad Ben auszugeben, um unauffällig über die Privatermittlerin an Information zu gelangen. Details und Ereignisse aus der Schulzeit hatte er geschickt von Malins Klassenkameraden erfragt und sie an seinen Neffen weitergegeben. Dieser hatte sie mit Hilfe eines Peilsenders am Auto verfolgt, um zu erfahren, wie weit sie bei ihrer Suche war. Deshalb kam er rechtzeitig, um Harmsen zu erschießen, bevor der Malin die Namen der Täter nennen konnte. Er gab zu, Ella Jacobsen entführt zu haben und verriet den Ort, an dem sie versteckt gehalten wurde. Die Polizei befreite sie aus dem Gewölbekeller von Heins Hof. Sie war körperlich unversehrt, lediglich ein wenig dehydriert.

Nachdem Jan Jacobsen seinen Sohn besucht hatte, waren Sörens Erinnerungen Stück für Stück zurückgekommen. Er schilderte der Polizei die Geschehnisse und die restlichen Geldverstecke. Die Geschwister hatten die Million auf insgesamt zehn Verstecke an unterschiedlichen Orten aufgeteilt.

Die Aufklärung des Falls hatte in Veendorf für Entsetzen gesorgt. Niemand konnte nachvollziehen, dass – bis auf einen – alle Landwirte aus ihrem Dorf, Menschen, die man seit Ewigkeiten kannte, diesen Raubüberfall begangen und einen Familienvater, eine junge Frau und Harmsen getötet hatten. Sie wendeten sich von den Familien der Täter ab. Die Bauern würden für viele Jahre ins Gefängnis wandern, die Höfe standen vor dem Ruin. Ihre Ehefrauen und Kinder würden die Arbeit ohne sie nicht schaffen und hätten kein Geld, um Aushilfen zu beschäftigen, geschweige denn die Kredite zu tilgen. Es blieb ihnen nichts anderes übrig, als Veendorf zu verlassen.

Aber auch Malin und Daniel, würden sich Fragen durch die Polizei stellen lassen und sich für ihre „eigenmächtigen Ermittlungen" verantworten müssen.

Bisher von Stephanie Werner erschienen:

Zerbrochenes Eis

BoD, Norderstedt, 2012
ISBN 9-783848-206131
Broschiert, 10,90 €

Zum Inhalt:

In den norwegischen Wäldern nahe Geilo wird vor einer ab-
gebrannten Hütte die Leiche einer jungen Schriftstellerin entdeckt. Ein am Tatort gefundenes Foto zeigt zwei ehemalige
Schulfreundinnen und einen Schulfreund der ermittelnden
Kommissarin Lena Nylund. Eine dieser Frauen kam vor vielen
Jahren bei einem Autounfall ums Leben, während die andere
und der Mann am gleichen Tag spurlos verschwanden.
Wer ist die tote Schriftstellerin wirklich und in welcher Beziehung stand sie zu den Schulfreunden der Kommissarin? Die
Ermittlungen werden für Lena zu einer Reise in ihre Vergan-
genheit, bei der sie in Lebensgefahr gerät.

Eiskalte Seele

BoD, Norderstedt, 2014
ISBN 9-783735-762184
Broschiert, 10,90 €

Zum Inhalt:

Der erfolgreiche Geschäftsmann Kurt Storm wird in seinem Haus in Wiehl brutal ermordet. Schnell stoßen die Kommissare Julia Hauswald und Alexander Thiele bei ihren Ermittlungen auf erschütternde Lebensgeschichten, die sowohl Storms Nachbarn, als auch seiner Familie Motive liefern. Ist es einer der Nachbarn gewesen, dessen Leben durch das skrupellose Verhalten des Geschäftsmannes zerstört wurde? Oder war es jemand aus seiner Familie, die er zeitlebens tyrannisiert hat? Erst als ein zweiter Mord geschieht, erhalten die Kommissare entscheidende Hinweise.

Boot 4

BoD, Norderstedt, 2019
ISBN 9-783749-455331
Broschiert, 10,90 €

Zum Inhalt:

Jamie, eine nervenstarke Journalistin mit wachem Verstand, unternimmt mit ihrer jüngeren Schwester Kim eine Kreuzfahrt von Vancouver nach Alaska. Doch die lang ersehnte Reise entpuppt sich als Alptraum. Kim verschwindet in der ersten Nacht an Bord spurlos. Eine großangelegte Suchaktion bringt keinen Hinweis auf ihren Verbleib.
Jamie stellt Nachforschungen an und stößt dabei auf einen zwei Jahre alten mysteriösen Todesfall auf demselben Schiff.

Tod im Hexenweiher

BoD, Norderstedt, 2020
ISBN 9-783751-935289
Broschiert, 9,90 €

Zum Inhalt:

Im Hexenweiher unterhalb von Nümbrecht wird die Leiche eines jungen Mannes gefunden, an Händen und Füßen gefesselt. Seine ehemaligen Schulkameraden sind alarmiert: Hat der Mord etwas mit dem Verschwinden ihrer Freundin Miriam vor zehn Jahren nach einer Maifeier an eben diesem Weiher zu tun? Schon bald wird klar, dass die Schulfreunde, die ein dunkles Geheimnis hüten, von der Vergangenheit eingeholt werden …

Reisegeschichten aus nördlichen Regionen:

Gletscher, Eis und wilde Tiere
Unterwegs in Grönland, Spitzbergen und Alaska

BoD, Norderstedt, 2017
ISBN 9-783744-834957
Broschiert, 10,99 €

Zum Inhalt:

Grönland, Spitzbergen, Alaska: Diese Regionen stehen für atemberaubende Landschaften, endlose Weiten und wilde Tiere. Mit dem Schiff reiste Stephanie Werner in die teils abgelegenen Gebiete, von denen jedes einzelne einen ganz besonderen Reiz besitzt. In Grönland besuchte sie abgeschiedene Siedlungen, und bewunderte gigantische Eisberge, während sie auf Spitzbergen mit dem Schlauchboot in Gegenden anlandete, die nur selten von Menschen betreten werden, und Eisbären beobachtete. Mit der Reise nach Alaska erfüllte sich schließlich ein lang gehegter Traum von kalbenden Gletschern, Walen und Braunbären.